大方
sight

[美]
丽贝卡·塞尔
——
著

张宏
——
译

The
Dinner List
Rebecca Serle

晚餐名单

中信出版集团 | 北京

图书在版编目（CIP）数据

晚餐名单 /（美）丽贝卡·塞尔著；张宏译. --
北京：中信出版社，2025.1. -- ISBN 978-7-5217
-7080-3
  I. I712.45
中国国家版本馆 CIP 数据核字第 2024TU5306 号

The Dinner List
Copyright © 2018 by Rebecca Serle
Simplified Chinese translation copyright © 2025 by CITIC Press Corporation
ALL RIGHTS RESERVED
本书仅限中国大陆地区发行销售

晚餐名单
著者：　　［美］丽贝卡·塞尔
译者：　　张宏
出版发行：中信出版集团股份有限公司
　　　　　（北京市朝阳区东三环北路 27 号嘉铭中心　邮编 100020）
承印者：　嘉业印刷（天津）有限公司

开本：880mm×1230mm 1/32　　印张：9.25　　字数：191 千字
版次：2025 年 1 月第 1 版　　　　印次：2025 年 1 月第 1 次印刷
京权图字：01-2020-2661　　　　　书号：ISBN 978-7-5217-7080-3
定价：55.00 元

版权所有·侵权必究
如有印刷、装订问题，本公司负责调换。
服务热线：400-600-8099
投稿邮箱：author@citicpub.com

献给我的外婆西尔维娅·佩辛。
她教导我：宝贝，首先，
你要爱自己。

也献给她的萨姆——我名单上的第一位客人。

到巴比伦有多少里路啊?
到巴比伦有七十里——
我可不可以点着蜡烛去那里呀?
可以呀,你都可以走个来回——
只要你的脚丫子够轻快,
你可以点着蜡烛去到那里。
　　　　　　　　——老童谣

你望见那夜空里的星星
是睡熟了的大象们一眨不眨的眼睛
他们睡着时一只眼睛睁着
在认认真真地看护着我们
　　　　——格利高里·考伯特,《尘与雪》

晚上 7:30

"我们都等了一个小时了。"奥黛丽说了这么一嘴。她的语气里带着一丝责备,话也就那么随口一说。这正是我最初就料到的。不是奥黛丽·赫本来参加我的生日晚餐了,而是奥黛丽·赫本恼火了。

她的头发比我脑海里一直有的印象要长。她穿了身看上去像是裤套装的衣服,不过她的双腿在桌子底下,很难分清楚是不是。她穿着黑色上衣,衣领是奶油色的,胸襟上有三颗圆纽扣。她的椅背上松松垮垮地搭着一件羊毛衫。

我后退了一步。我把他们都看在眼里。他们所有的人。他们坐在餐厅中央的一张圆桌边上。奥黛丽面对着门,右手边是康拉德教授,左边是罗伯特。托比亚斯坐在罗伯特的另一侧,他的左边是杰西卡。她和托比亚斯之间的空座是留给我的。

"我们没等你来就开始了,萨布丽娜。"康拉德说道。他端起了红酒杯。他喝的是深红色的葡萄酒,杰西卡的也一样。奥黛丽要了杯纯威士忌。托比亚斯喝着啤酒。罗伯特什么也没要。

"你要坐下来吗?"托比亚斯问我。他的嗓音有点沙沙的,我觉得他还在抽烟。

"我不知道。"我说。我很惊讶，自己居然还能说出话来，因为这一切都很疯狂。我也许在做梦。这也许是我的大脑出了点儿问题。我闭了闭眼睛，想着也许睁开眼睛时只有杰西卡坐在那儿，正如我一直所希望的。我有种夺门而逃的冲动，或者到洗手间去，在脸上洒些冷水清醒清醒，然后搞清楚他们到底是否真的都在这里——我们是否真的都一起在这里。

"求你了。"他说。他的话音里流露出一丝绝望。

求你了。他抛下我时，那是我说的话。求你了。当时这话一点儿用都没有。

我思忖了一下。因为不知道自己该做点别的什么。因为康拉德正拿着酒瓶倒梅乐酒，因为我不能就那么一直站在那里。

"我真是太兴奋了。"我说道，"这都是怎么回事？"

"今天是你的生日。"奥黛丽说。

"我喜欢这家餐厅。"康拉德说道，"二十五年来一点都没变。"

"你知道我会来的。"杰西卡说，"我们挪开点，还要给几个人留点位子。"我很想知道她到这里后说了些什么。无论她是很惊讶还是很开心。

"也许我们可以谈论个话题。"罗伯特说。

托比亚斯一言不发。那就是我们之间一直以来的问题。他太愿意保持沉默，让沉默来为他代言了。他就坐在我旁边，我感觉很沮丧，已经顾不上为自己所处的境况感到不可思议了。我坐了下来。

晚上 7:30

餐厅里生意很好，我们周围都是客人。用餐的人们一点都没被这里所发生的事打扰。一名父亲在努力让小孩子安静下来。服务员在往杯子里倒红酒。这家餐厅面积不大，总共能摆十二桌的样子。门道边放着不少盆栽的红绣球花，墙壁与天花板连接处点缀着一些柔和的节日灯条。毕竟现在是十二月了。

"我要杯喝的。"我大声说。

康拉德教授把双手合在一起。我记得他以前在下课前或是要布置分量很大的作业前就常常那么做。那是他期待着要采取某个行动的方式。"我从加利福尼亚赶过来参加这个要命的聚会，你至少要让我搞清楚你现在在做什么吧。我都不知道你最后读什么专业毕业的。"

"你想知道我现在的生活？"我问。

杰西卡在我边上转了转眼睛。"传播专业。"她说。

康拉德教授把一只手放在胸口，装出一副吃了一惊的样子。

"我现在是名图书编辑。"我带着点申辩的味道说，"杰西卡，现在大家都在干吗？"

杰西卡摇了摇头。"这可是你请客的晚饭。"我请的客人。她自然知道。我在拟定晚餐名单时她就在边上。那还是她的主意。五个人，不论生死，你想要跟他们一起吃晚饭的那五个人。

"你不觉得这有点疯狂吗？"我问。

她喝了口红酒。"有点儿。不过每天都有疯狂的事发生。难道我没跟你讲过？"

我们曾经一起住在二十一街上那套逼仄的公寓里。那时她在房间里贴满了励志的名言。卫生间镜子上、从宜家买的放电视机的桌子上、门边上，到处都是。诸如：担心是希望得到你不想要的东西。人有谋略，神必发笑。

"人都到齐了？"罗伯特问。

奥黛丽轻轻拍了下手腕。"我希望到齐了。"她说。

我喝了口红酒，做了个深呼吸。

"是的。"我回答道，"人都来了。"

他们看着我。他们五个人。他们很期待，满怀希望。他们的表情就像我应该告诉他们为什么他们会在这里。

但是我不能跟他们讲。暂时还不能。因此我打开了菜单。

"我们点菜吧。"我说。我们开始点菜。

一

我在圣莫尼卡码头的艺术展上第一次见到了托比亚斯。四年后，在停在十四街地下的地铁上我们互相做了介绍，后来我们步行穿过布鲁克林大桥开始了第一次约会。我们俩的故事从开始到结束的那天正好跨越了十个年头。不过正如老话所说——万物之始更易看明，万事之终更难明了。

那时我在读大二。我选了康拉德的哲学课。这门课有一部分内容是由学生轮流每周组织一次实地考察旅行。有人带我们到好莱坞那几个大字标牌那里去，另一位同学则把我们带到穆赫兰一幢被废弃的房屋去。那幢房屋是一位很有名的建筑师设计的，不过我从未听说过此人。我不清楚这些外出考察的目的是什么，只知道康拉德承认他喜欢走出教室去。他时常说："教室可不是学习的地方。"

轮到我组织外出时，我选了去看《尘与雪》艺术展。我是从上一个周末去看过这个展览的一位朋友那里听说的。圣莫尼卡码头旁边的海滩上搭起了两顶巨大的帐篷，摄影艺术家格利高里·考伯特在这里展出他的作品——大幅的摄影作品，美丽的形象，展示了人类跟野生动植物和谐相处。整个 2006 年日落大道上都竖着一幅很大的广告牌，广告牌上的画面是一名小孩在给一头跪着的大象念故事。

那是感恩节前的一周。第二天我就要飞回费城，跟我妈妈家那个大家庭一起过节。我妈妈正在考虑搬回到东部老家去。我六岁起，自从我父亲一离开，我们就住在加利福尼亚。

我当时有些慌乱。我记得曾咒骂自己，手头有那么多事情要做还去报名组织这次活动。我跟安东尼在吵架。他是商务专业学生，是我的男朋友，跟我分分合合。除了去参加"环游世界"聚会之外，他很少离开大学生联谊会所在的房子。而参加这些聚会唯一需要做的旅行便是在灌了各种各样的酒之后去上厕所。我们俩全部的关系如同虚构的一般，主要就是互相发发短信，或者在喝多了的夜晚勉勉强强地相拥在一起。实际上，我们是在等待合适的时机。他比我大两岁，是大四学生，在纽约金融业已经有份工作在等着他去。我很不确定地觉得，某天我们会从这种游戏过渡到假装过家家，当然我们并没有这样做。

《尘与雪》棒极了。室内空间布置得很戏剧性同时又很宁静，就如同在悬崖边上练瑜伽一样。

我们这群学生很快就分散开去了。大家都被作品的尺寸比例迷住了。一个小孩在亲吻一头狮子。一名小男孩跟一只山猫睡在一起。一个男人和几条鲸鱼在一起游泳。然后我看见了他。我站在一幅照片前，所能回想起来的是，那幅照片强烈地揪住了我的心，我甚至只好退后一步。照片上是一名小男孩，他紧闭着双眼，身后是老鹰展开的翅膀。

瞬间我便充满了敬畏之心,对那些照片,对那些形象本身,以及对那个男孩。还有照片外的那个人。他的头发是棕褐色的,蓬松杂乱。他穿着低腰牛仔裤,上身两件棕色衬衣像泥土般叠在一起。我没有马上看到他的眼睛。我并不知道它们有着最为灼热的绿色,跟珠宝一样,目光那么锐利,可以直接刺入你的心房。

我站在他旁边。我们没有看着对方。就那样站了五分钟,也许更久。我说不清自己在看什么——看他,还是照片里的男孩。可我感觉到了我们之间的电流,我们周围被人踢起来的沙子也像被充了电一样。一切似乎都在融合。在那美丽而精妙的一刻,没有隔阂。

"我已经来过四次了。"他对我说,两眼依然注视着前方。"我根本不想离开这个地方。"

"他真漂亮。"我说。

"整个展览太难以置信了。"

"你还在读书吗?"我问。

"嗯。"他说。他瞥了我一眼。"加州大学洛杉矶分校。"

"我是南加州大学的。"我告诉他,同时用手拍了拍胸口。

要是他是另外一种人——比如安东尼——他可能会做个鬼脸,他可能会说一些学校竞争之类的话。不过我不敢确定他是否知道南加州大学学生都要做的这个拍胸仪式——特洛伊木马队对阵棕熊队的动作。

"你读什么专业?"我问他。

他对着画布做了个手势。"我是名摄影师。"他说。

"哪方面的？"

"还不确定。现在我的专长是做什么都一般般。"

他笑了起来。我也笑了。"我怀疑那是真的。"

"怎么会？"

"我不知道。"我说。我又朝着那幅照片看回去。"我就是这么觉得。"

一群十几岁的女孩在附近转悠着，盯着他看。我朝她们看过去，她们咯咯咯笑着散开了。我没法怪她们——他太出众了。

"你学的什么？"他问，"我猜下。表演。"

"哈，不沾边。传播学。"我说。

"很接近。"他把食指朝着我的胸口伸出来。我很想把那整个手指都抓住。"不管怎么说，那是很好的技能。"

传播中最重要的是要听出人们的言外之意。

"我妈妈就是这么跟我说的。"

他转向我，双眼睁着看我的眼睛。我只知道这样来描绘。那是锁眼中的一把钥匙。门刚刚被打开了。

起风了。我的头发开始在我身边飘动。那时我的头发留得很长，比现在长多了。我试图把头发捋好，不过就像抓蝴蝶那样，我总是没法理好。

"你看起来像头狮子。"他说，"真希望我带着相机。"

"头发太长了。"我说道。我脸红了起来，希望头发能把脸遮起来。

一

他只是朝我微笑着。"我得走了。"他说,"可是现在我不想走了。"

我看见康拉德站在他身后,正在一幅长颈鹿的照片旁边给我们小组中的四个学生讲着什么。那幅长颈鹿照片几乎跟真的长颈鹿差不多大。康拉德朝我挥挥手让我过去。"我也是,"我说,"我是说,我也不想走了。"

我还想再说些什么,或者我希望他再说些什么。我站在那儿没动,等着他问我要电话号码。或者任何更多的信息。可是他没有。他仅仅向我微微敬了个礼,就朝康拉德的方向走过去,然后走出了帐篷。我甚至连他的名字都没问过。

我回到宿舍时,杰西卡已经回来了。我们是南加州大学整个校园里唯二还住在大学宿舍的大二学生。不过住学校宿舍更便宜,我们谁都没钱搬到外面去住。我们可不像很多来自奥兰治县或是好莱坞家庭的同学那般有钱。

那个时候,杰西卡留着褐色长发,戴着副大眼镜。她每天都穿着飘逸的长裙子,冬天也是。尽管这里最冷的天气气温也才十几摄氏度。

"展览怎么样?"她问,"今晚你想不想去兄弟会?苏米尔说他们要办一个沙滩主题的聚会,不过我们不用特别打扮。"

我把包扔在地上,一屁股坐到客厅的椅子里。厅里摆不下沙发。杰西卡坐在地上。

"也许吧。"我说。

"给安东尼打电话。"她说着从地上站起来,关掉了鸣叫的茶壶。

"我觉得自己不想再跟他在一起了。"我说。

我听见她在倒热水,撕开了一个茶叶包。"你说你觉得是什么意思?"

我拉了拉牛仔短裤的边。"今天在展览会我碰到了一个人。"

杰西卡手里拿着冒着热气的杯子走回来。她要给我倒茶,我摇了摇头。"跟我说说,"她说,"是班上的?"

"不是。他正好就在那里。"

"他是干吗的?"

"他是摄影师,在加州大学洛杉矶分校读书。"

杰西卡吹了吹她的茶,然后又坐到地板上。"那么你准备去见他吗?"

"没有。"我说,"我都不知道他的名字。"

杰西卡朝我皱了皱眉。她的整个生活里就只有那么一个男朋友——苏米尔·贝迪。这个男人几年后会成为她丈夫。在我看来,他们的关系并不是特别浪漫,现在依然如此。大一时他们住在同一个宿舍楼。他邀请她去参加他的大学联谊会活动,她答应了,于是他们开始约会。一年后他们一起过了夜。他们两个都是第一次。她不多谈他,也没那么多愁善感,他们之间也很少争吵。我怀疑那是因为他们俩都很少喝酒。不过她是个很浪漫的人,在我的爱情生活里投入了很多精力。她想知道每一个细节。有时候我发现自己会把自己的事涂脂抹粉,好让她听到更多的事情。

"我就是觉得自己不想再跟安东尼在一起了。"我该怎样解释

一

发生的事情呢？就在一瞬间，我把自己的心给了一个可能再也见不到的陌生人？

她把茶杯放在茶几上。"好吧，"她说，"我们得去找到这个家伙。"

我的心里充满了对她的喜爱。这就是杰西卡——她不需要什么办法，只要有个理由。"你疯了。"我对她说。我站起身，朝我们位于二十楼的窗外看了出去。外面，学生们如同被派出去执行任务的小锡兵般在校园里来回穿越。从高处看下去，一切看起来都那么有条理，那么刻意。"他都没来过南加大。不可能找得到的。"

"有点信心吧。"她对我说，"我觉得你的问题在于你不相信命。"

杰西卡来自密歇根州一个保守家庭。我看着她慢慢地演化，从一名中西部的基督徒变成一名完完全全的自由派嬉皮士，然后——很多年后——从一名激进的右翼变成东海岸保守派。

上周，她回来时带回来一摞杂志、白纸和彩笔。"我们要做写满愿望的梦想板。"她宣布道。

我看了看那堆材料，转过身继续看我的书。"不了，谢谢。"

杰西卡曾选了一门灵性课程——那种差不多是让托尼·罗宾斯的继子女"释放内心的力量"的玩意儿，由一名自己给自己起了个印度教名字的妇女上课。

"你从来没跟我一起做过这种练习。"杰西卡说着，边重重地坐到地上一个枕头上。

我俯视着她。"你可以做点不那么华而不实的事情吗？"

她的双眼亮了起来。"斯瓦妮要我们列出五个我们想要一起吃晚餐的人的名单，不论是活着还是已经死去的人。"她在自己装满东西的包里翻找着，拿出来一叠黄色便利贴，"很实在。"

"这会让你开心吗？"我问道，同时合上了书，已经听天由命了。

"大概一小时吧。"她说。不过我已经看到她眼睛在发亮了。我从来不对诸如此类的东西说好，即使她老是问个不停也不说。

她接下来开始滔滔不绝地说。谈这个练习，谈它的意义，谈这个想象中虚拟的晚餐就如同你自己各部分之间需要进行的清算，你需要跟它们妥协——诸如此类。我其实并没有真正在听。我直接开始拟名单。

起先几个人很容易：奥黛丽·赫本，因为我是个十九岁的女孩。柏拉图，因为从高中起我就读过四遍《理想国》而且被牢牢吸引住了——况且康拉德教授也时常提起他的贡献。我想都没想就写下了罗伯特的名字。我一写下来就想把他划掉，不过我还是保留了。他仍是我父亲，尽管我几乎不记得自己认识他。

还要两个名字。

我爱我的外婆。她名叫西尔维娅，去年已经去世了。我想念她。我写下了她的名字。我想不出第五个该写谁。

我朝杰西卡看了看。她正专心地用红色和金色彩笔在一张很大的仿羊皮纸上写名单。

我把纸条递给她。她看了看，点点头，又递回给我。我把纸条塞进口袋，又回去继续看书。她似乎很受慰藉。

一

不过此刻，谈到托比亚斯时，她没那么淡定了。"我信命。"我对她说。我以前不信，可现在信了。这很难解释清楚。在站在他身边的那十分钟里，我关于人生和爱情的深刻想法就那么固定下来了。"我不应该说话。那很蠢。那不过就是一个片刻而已。"

但我想要从那一个片刻得到更多。于是我们去寻找了。我们在网上没能找到他（在脸书上搜索"绿眼睛"和"加州大学洛杉矶分校"没能给我们显示出很积极的结果——我感觉他不是那种在脸书上留个人简介的人），于是我们开着苏米尔那辆丰田卡罗拉去加州大学洛杉矶分校校园。那车在高速路上时速最多不超过四十英里。

"我们到了后，你接下来有什么计划？"我问杰西卡，"直接开始大喊'褐发男生你在哪里'吗？"

"放松。"她对我说，"我什么都不喊。"

她把车停在西木区，然后我们步行走到校园的北侧，那里是联排屋和学生公寓所在地。这些房子都端坐在延伸到落日大道的街道两侧，并一直往北通向漂亮完美的贝莱尔丘陵。街道两边绿树成荫。我跟在后面，很庆幸今天阳光明媚，外面人很多，我们很好地融入了人流。

"我知道不应该这么说，"我说道，"不过加州大学洛杉矶分校比南加大漂亮多了。"

"只不过地段好罢了。"杰西卡说。她在一栋校园建筑外的公告牌上贴着的一份公告前停了下来。这楼是图书馆？我不能确定。

"啊哈，"她说，"如我所愿。"

我靠近去看了看。那是个俱乐部公告牌。我跟着杰西卡的手指看过去,美食俱乐部,诗歌俱乐部。她用手指轻轻地在一份黄颜色传单上敲了敲。"摄影俱乐部。"我念道。

杰西卡满面笑容。"不用谢。"

"我很佩服。"我说,"不过这不说明任何事。他也许不是俱乐部成员。他看上去真的不像那种会加入俱乐部的人。而且我们要怎么做呢?闯到他们的会场去?"

杰西卡翻了个白眼。"我发现你的消极态度真是可爱,正好下周二他们要举行开放参观日,因此你直接去就是。"

我摇了摇头。"要是他在那儿,那我会显得很疯狂。"

杰西卡耸了耸肩。"或者从此以后你就会幸福地活着。"

"没错,"我说,"两者居其一。"不过我感到心里的激动开了个口子。要是又见到他了我该怎么办呢?我该说些什么?

我的肚子这时咕噜噜叫了起来。

"想去快餐店吃东西?"杰西卡问。

"要的,要的。"

我们开始朝丰田卡罗拉车晃荡回去。临走前,我扯下了一份传单,塞进自己包里。

"我什么也没看见。"杰西卡边说边挽住了我的手臂。

回到宿舍后,我拿出那张便利贴,加上了第五个人。他。

晚上 7:45

"还有人想点鲤鱼吗?"康拉德问道。我们还没点菜,因为大家对点什么没法达成一致。康拉德决定跟人共享,罗伯特要单独点,奥黛丽不喜欢菜单上的菜,而杰西卡和托比亚斯已经吃完了两面包篮里的面包。他胃口那么好,令我很不爽。

"我还在喂奶,"杰西卡随口说道,没对着任何人,"我需要碳水化合物。"

服务员又走了过来。我赶紧插进去点菜。"我要莴苣沙拉,意式调味饭。"我说。我瞥了一眼康拉德。他点点头。

"我要扇贝,"他说,"还要几只那种大补的。"

服务员一脸茫然。他张了张嘴,又闭上了。

"生蚝,"奥黛丽懒洋洋地解说道,"我也一样,再要份莴苣沙拉。"

康拉德教授用胳膊肘碰了碰她。"奥黛丽,我可从没有。"他说。

她没接话。她还是很不爽。

大家在各自点菜时——杰西卡要了意面和汤,罗伯特点了牛排和沙拉——我忽然意识到自己并未好好考虑过这些。当我把这五个人一个个写进我的晚餐名单时，完全都是为了我自己，我跟他们每个人的纠缠不清、希望他们在场的复杂欲望等。我没想过他们在一起会如何相处。

我朝自己左侧瞥了一眼，看了眼托比亚斯。我早就知道他会点什么。一打开菜单我就知道。现在我到餐馆吃饭时，自己有时也这么干。我会扫一眼菜单，然后选他会点的菜。我知道他要点汉堡和炸薯条，多加一份芥末，还有甜菜沙拉。托比亚斯很爱吃甜菜。有段时间他曾经吃过一段时间素，不过没坚持下来。

"我要生蔬菜盘和扇贝。"他说。

我转过头看着他。他朝我耸了耸肩。"汉堡看起来也不错。"他说道，"不过刚才我已经吃了面包了。"

托比亚斯曾经十分怪异地担心过自己的健康状况。有时我觉得他有某种保持身体瘦弱的秘方——也许因为那样可以让他看起来老是像个饥饿的艺术家？他不到外面工作，也不跑步，不过有时会不吃饭，或者回家时会带一个新的榨汁机，然后称自己再也不想吃加工过的食物了。他做菜做得很棒。生蔬菜盘。我应该猜到这个的。

服务员拿走我们的菜单。奥黛丽往前靠了靠。我第一次看到她眼圈四周有细细的皱纹。她肯定有四十多了。

"我有几个聊天的话题。"她对我说。她用那种我们都很熟悉的低沉而平静的嗓音说道。她优雅，充满女人味，令人怜惜。我感到一阵愧疚，请她来跟我们坐一张桌子。她不应该来的，纯粹

晚上 7:45

是浪费她的时间。

"我们不需要话题。"康拉德说,没有管她的提议。"我们只要红酒和一个主题。"

"一个主题?"罗伯特问道。他放下水杯抬起头来。他是个小个子,即使坐着都能看得出来。我母亲都比他高两英寸。从那一小堆老照片里看,我总是认为我的身高处在中不溜的位置。不过,此刻看着他,我知道我跟他差不多。

我们拥有同样绿色的眼睛,同样长长的鼻子,一样嘴角弯起的微笑,一样微微带点棕红的卷发。他没上过大学。他家族里也没人上过。十九岁时他得了肺结核,在医院里待了一年半,忍受着孤独的禁锢。他的生母只能透过玻璃墙探视他。

好多年后我妈妈跟我讲了这件事。在他离去很多年后,在他已经去世,我自己再也不能当面问他任何后来的事情之后。我永远不知道那是否可以赋予他人性,或是让他看起来更为迟钝、抽象——难以捉摸。可是我也从不知道她是否一直爱着他。我现在依然不知道。

"主题!"康拉德大声说道,"我们来定个主题。"

"全球服务。"奥黛丽说。

康拉德点点头。他从胸前口袋里拿出笔记本和笔。他口袋里总是装着一本笔记本,以备灵感一来可记下来。他上课时会时不时地拿出来,在上面划拉着什么。

"朱莉!"康拉德说,"该你了。"

杰西卡看着他,嘴里吃着一片法棍面包。"我叫杰西卡。"

她说。

"杰西卡,对。"

"家庭。"她叹了口气说道,"不过我觉得这个不是重点。"

"责任。"罗伯特补充说。我拼命忍住了不笑,不过还是笑出声来。责任。真可笑。

接下来是托比亚斯。他往后靠着椅子,两手交叉着放在头后面。"爱情。"他说。他那么轻易而简单地说出这两个字,仿佛它是那么显而易见,就像这是康拉德提的问题的唯一可能的答案。

但那当然不是。因为,假如是的话,我就不需要他来参加这个聚餐了。要是那是真的,我们依旧还在一起。

我清了清喉咙。"历史。"我反驳似的说道。

康拉德点了点头。奥黛丽吸了口气。杰西卡犹豫了一下。

"这事我们已经过去了。"她瞪着托比亚斯和我说道,"你们不能老是生活在过去。"

放手,听从上帝的旨意。

"有时候,不明白发生过的事情就不可能前行。"康拉德说。

"到底出了什么事?"奥黛丽问。

我两眼盯着桌子,但仍能感觉到他在看着我。我但愿他坐在康拉德那个位子。我但愿闻不到他的味道——浓密而令人兴奋的味道——或是看不到他伸在桌子下的脚。他的脚靠我很近,要是我想的话,就可以用自己的脚勾住它。

"一切。"过了会儿我说道,"一切都发生了。"

"好吧,"康拉德说,"我们就从这里开始。"

二

我们去加州大学洛杉矶分校调查结束后的星期二,我去了康拉德教授的办公室。我有门课完全考砸了,我想去争取一下把笔试成绩提到 C⁺。上他的课我的成绩总是很糟,我总是考不好。并非我不够努力。我得承认,自己的成绩都下滑了。没有特别的原因。实际上,我厌烦了学校,讨厌作业、讲座和考试。我再也不想读书了。何况跟安东尼之间的关系也于事无补。

"你可能没选对专业。"杰西卡跟我说。可是太晚了,没法换了。要是我换了的话,我还得再上三年,无论是财力还是其他方面都行不通。

"你已经习惯觉得考试结果是无关紧要的了。"康拉德说,"在我的课上,我认为这是不对的。"

"求您了。"我眼泪都快掉下来了,"我能获得额外加分吗?"

康拉德摇了摇头。"我不提供加分。"

"我不可以得不及格啊。"

"你可以的。"他说道,"实际上,你已经不及格了。"

我心里害怕起来。"对不起。"我嘟囔道。

康拉德把一只手放在我肩上，像个父亲似的。我很不习惯。"你下次考试会考好的，那可以把你的平均绩点提上去。"他对我说，"这次还不是最后结果。"

我收起自己的东西，离开了他的办公室，感到还有资格，但也很恼火，很生气。我看了看手表。现在走的话我还可以在七点前赶到加州大学洛杉矶分校。我书袋底部那张皱巴巴的黄色纸条告诉我，摄影开放展要到七点才开始。

我给杰西卡打了个电话。"我得看书。"她说，"不过苏米尔在上课，他的汽车钥匙在我这里，可以给你。"

"在楼下等我。"

405号公路上车流很大。我坐在车里，把收音机在98.7兆赫跟国家公共台之间来回调着。电台在做有关国家航空航天局的特别节目。他们请了某个刚从太空返回的人在做直播。他说："最让我震惊的是，怎样以某种测量方式来确定宇宙实际上是有限的。我们如何才可能去理解一切的尽头呢？"

我把电台调到了"小甜甜"布兰妮的歌。

广告纸上说展览在比利·怀尔德剧院。到了加州大学洛杉矶分校后，我向一名保安问了方向，在转错了几个弯后，终于在马路上找到了一个停车位。已经6:57了。刚好赶上。

当我沿着人行道走上通往剧院的台阶时，我的心跳开始加快。要是他正好也在该怎么办呢？我该说些什么？我该怎么解释我的出现？表现得很惊讶，说是朋友请我来的。这个严格来说不假。他可能都认不出我来。

二

我从包里拿出一支唇膏。我涂了下嘴唇,做了个深呼吸,然后拉开了门。

展览布置在舞台上。那些照片挂在隔板上。走道里,人们拿着倒满红酒的塑料杯。我挤到舞台近旁。还好,到目前为止没看到他。

"你是哪幅作品的摄影师吗?"一名留着长辫子的姑娘问。她穿着牛仔喇叭裤,上身是村姑衫,我认出来是 Forever 21 牌子。上周末,杰西卡曾在比弗利中心试穿过同样的一件。

感觉她盯上了我。"不是。"我说,"只是来看看。"

她点点头,喝了口红酒。

"你呢?"

"那里有我拍的。"她朝舞台最左侧的隔板墙指了指。我看到的是色彩。浓重的色彩。

"不介意我过去看看吧?"

"只要你不叫我一起去就行。我的作品我不去提它会更好。"

我离开她,走上舞台。我飞快地扫视了一圈。不在台上。也不在走道里。人不多,也许统共才三十人。我想着准备走了,不过看到那位新朋友在看着我,于是决定去看看她的作品。

然而走过去时我看到了一件作品。一幅拍的一个男人的照片。他看上去来自某个部落。也许是摩洛哥人。照片拍的是上半身,他抽着雪茄,正在吐烟。他灰色的双眼睁得很大,脸上的皱纹如同黑板上粉笔写的记数符号。

我知道这是他的作品。我不清楚怎么回事,但就是知道。

"劳驾问一下，"我问站在旁边隔板前身穿低腰牛仔裤、戴着顶棒球帽的一名学生仔，"这是谁拍的？"

他耸了耸肩，指了指隔板墙下面中间的一块牌子。托比亚斯·萨尔特曼。就在旁边是《尘与雪》中的一幅人像照片。我猜对了。

我感到血液急剧地充盈到了自己脖子上的血管里。"他在吗？"我又问。

他眯了我一眼。"估计不在。"他说。

"有谁会知道吗？"

他朝台下的走道里仔细看了看，朝刚才跟我说话的那个女孩的方向伸了伸脖子。"问问他的女朋友吧。"他说。

热。那就是我的感受。尴尬而又羞愧。他当然会有个女朋友。那显而易见，觉得他没有女朋友真是蠢。我想立马就逃离。

可我接下来看到那幅男子照片边上有个数字：75美元。照片是供出售的。

我没有七十五美元。我的活期账户里只有四十九美元，定期账户里也许有两百美元。

但我知道不管怎样我得把它买下来。他已经是我的了。

我在包里摸索着自己的支票本。还好我随身带着。

"我怎么样可以买幅照片？"我问站在一幅向日葵照片旁的女孩，"我可以用支票吗？"

"詹金斯可以帮你处理。"她指了指一名年轻的女士。她穿着牛仔裤，上身是织锦上衣，理着精灵短发。她靠在另一头的墙上，

二

说话时幅度很大地舞动着双手。我朝她走过去。

"我想买那幅照片。"我指着托比亚斯的作品说。

她离开墙壁站直。"没问题。"她说,"他的作品很棒,对吧?"我点了点头。

"我想这可能是他的作品第一次卖出去。很可惜那家伙不在这里。"

我给她开了张支票,并且决定把所需金额开在不会跳票的账户里。她用牛皮纸和绳子帮我包了起来,没用胶带。"见鬼。"她说,"我忘了买几张了。这是我们的第一笔生意。"

往外走时我朝他女朋友挥了挥手。她微笑了下。她的两颗门牙间有个缝隙。那令我对他的喜爱之情越发大了。

开车回去路上我把照片放在副驾驶座上。我回到公寓时,杰西卡出去了。我知道自己不会把照片挂起来。后来她问起时,我告诉她他没在那里,他肯定没去。

"至少你试过了。"她说。

接下来的两年里,我把卷在牛皮纸里的那幅照片一直放在床底下。有时候,我会在夜里把它悄悄拿出来打开,用两手拿着,就像某样我偷来的东西。

晚上 7:52

"历史。"康拉德说着,边用笔敲击着桌子,"这是个很有趣的选择。"

"我曾经做过历史老师。"罗伯特说。

"当真?"我问。

罗比特注视着他的水杯。"做了十年。"他说。

康拉德两手合在了一起。"太好了!"他说道,"那就插进来吧。你可以让大家谈论起来。"

"我们应该选择一个焦点。"奥黛丽说,"什么时代?美国历史?欧洲史?否则就太宽泛了。"

"个人历史。"托比亚斯在我边上说道。感觉自打我们坐下来后这是他说的第一句话,尽管我知道并非如此。我们曾经提过生蔬菜盘,然后提过爱情。

我闭上了眼睛。我睁开了眼睛。一次一件事。"在哪里?"我问罗伯特。

"谢尔曼橡树学校。"他说。

"加利福尼亚。"

他点点头。"我妻子——"

"别提那个。"我打断了他。我不想听他妻子的事。或者孩子。或者他的另一种生活。

"我们住在夫勒斯诺。"我说道,"十年前妈妈才搬回费城。那段时间……"

"我不知道。"罗伯特说道。

"是啊。"我说,"而且你从没想过回来,来看看我们过得怎么样,甚至从没想过问一下。你从没想过也许你欠我们一些你新近得到的好运。"

奥黛丽笑了笑,身体朝前靠了靠。"朋友们,"她说,"我们保持下风度吧。"

"为什么?"我问。我的两眼冒着怒火。可是当我对上她柔和的棕色眼睛时,我发现自己的火气融化退缩了。

"因为我们的开胃菜还没上来。"她嘲弄道,"大家什么都不许提。"

"我过了六个月才知道你死了。"我说,"过了六个月。"

"我自作自受。"他说道。

"不要说那些。"托比亚斯插话说。他带着一种既有善意又让我无法辨识的紧张盯着罗伯特。我意识到跟以前无数次那样,我不知道他是什么意思。他是出于同情还是表示挑衅。

"看。"杰西卡说,"菜来了。"

三名服务员端着我们的前菜过来。我马上后悔自己点的沙拉。那看上去像一件现代艺术品。细小的绿色蔬菜条跟一片片帕尔马干酪混在一起。我在想托比亚斯会不会分一点他的生蔬菜盘给我。他以前都那么做——没等我要就把食物放到我盘子里。

"我很想解释下发生的事。"等每个人点的前菜都摆放好后罗伯特开口道。

"我们仍然在讲历史这个主题。"康拉德说,"我觉得没问题。"

我看向桌子对面的他,他朝我抬了抬眉毛。"什么?"他问,"难道一切都是为了谈论天气吗?"

我摇摇头。那不是"是"或"不是"的问题——更像是种妥协。

"说下去。"奥黛丽说道,"我们都听着呢。"

"我一直没机会来告别。"他开始解释,"是她把我踢出去的。你母亲从不希望我回来。"

"你是个酒鬼。"我说道。

我从盘子里挑起一根绿色蔬菜条放进嘴里,吃起来像沙子的味道。

"我曾经是。"他说,"玛茜还想要个孩子。她要的这个生活是我无法给她的。"

"所以你离开去把它给了别人?"

"我得到了帮助。"罗伯特说。

"那不错啊。"康拉德插嘴道,"一个男人应该以他成长的能力为标志。"

生活是成长。要是停止成长,我们跟死去别无二致。

"并非所有的改变都是成长。"奥黛丽说道。我抬头看着她。

我想要谢谢她。

"我不这么认为。"托比亚斯说,"仅仅是冒险、接受改变的机会这一行为显然从定义上来说就是一个进化的行为。我们进化,我们成长。这是要点所在。"

"什么的要点?"我问。

"人类的存在。"杰西卡在我旁边说。她用调羹舀了点番茄浓汤送进嘴里,因为汤很烫,她用手前后挥动扇着嘴唇。

我疲倦地看了她一眼。有时候我希望,不用问什么问题,她都会站在我这边。

"我不是说我的所作所为是对的。"罗伯特说道,"不过却是必要的。那是唯一可采取的行动。我只能离开。"

"必要性。"康拉德重复了一遍,没说别的。

"我那时才五岁。"我说。

"我必须得到帮助。在当时的情形下我不能改变。那不是你母亲的错。那只不过……不起作用。"

"那么后来呢?"我问,"然后怎么样呢?你好转以后为什么一次都没回来过呢?"

"因为,"他说,"我遇上了她。然后我害怕了。"

没人问害怕什么。我们都知道。失去新生活,失去健康,失去她。他早已失去的一切并不在考虑之列。

"只吃一顿晚餐是远远不够的。"我说道。

"可是萨布丽娜,"罗伯特说道,打我们坐下来后他第一次正视着我,"我们所有的也就一顿晚餐了。"

三

我们被困在地铁里。五岁时我曾经被关在水槽下的柜子里，打那以后我就对小空间充满恐惧。那次是保姆照看小孩出了问题，但不是那位看管我的女孩的错。我们在玩躲猫猫，柜子门卡住了。那事只发生过一次，可一次就够了。

我于是运用自己所掌握的办法来调节。深呼吸。不要堵住自己的呼吸道。坐直身体。控制住大脑。专注自己的呼吸。要知道那只是一种感觉，而且要明白自己非常安全。

一切都会过去的。

"你没事吧？"

我们所在的车厢只有四名乘客。谢天谢地。虽说时间尚早，我甚至还没去买早晨喝的咖啡，但我一上地铁就注意到了他。我的大手提袋差点掉了下去。起初我觉得那不大可能，随即发现没错，那就是他。他头发蓬松，穿着皱巴巴的牛仔裤，下巴胡子拉碴的。离洛杉矶那次《尘与雪》展览已经四年了，此刻，这里，我们都来到了这个国家另一边的纽约，我感觉终于抵达了一条直线的另一端。

三

在纽约的生活并非那么糟糕。我跟杰西卡合住在一起,我们的大学同学大卫和埃莉也在这里。大卫现在是名银行从业者,他总是去约见那些上了年纪、有权有势、难以企及的男士。他是他们班仅有的三名黑人同学中唯一去高盛工作的,他说这给了他一定的优势。我所见到的大卫总是那么优秀,总是心想事成——这座城市里的男人们也不例外。还有埃莉,她一直保持单身,在一家很受欢迎的珠宝设计公司的公关部工作。我们经常跟他们一起外出,去看那些外百老汇的话剧。那些话剧通常很烂,不过票价只要二十美元。我拥有大学学位。我给一名时装设计师当助理。她正计划着要重振雄风。自打二十世纪九十年代末起她就没踩对时尚的步伐,不过她正在发布一个新的泳衣系列,这个系列让她名声再起。

我离职一年后她便会获得很大成功,我的时间安排总是令人惊叹,不过那段时间,我们还在上城区一家拥挤的店铺后面工作。我很不希望接下来的八个小时都要在汗流浃背的黑暗中度过。

但我也不想在地底下待上一天。

"我没事。"我说。

我抬头看着他,指望他能认出我来。可是他脸上什么表情都没有。他正靠在金属柱子上。

"一辆地铁被堵停的平均时长是三分钟三十五秒。"他拿出手机,"我觉得还剩大概两分钟。你还能忍两分钟吗?"

我没法区分他是否在嘲讽我。通常这是我们之间的问题之一。我要的是真诚,但不是他所表现的那样。不是用那么多诚实的方式。

我耸耸肩，用手指了指身边空的塑料座位。我一直以为自己再见到他时，他也会认出我来。他会说，是你啊。会是那个样子。

他坐了下来。"你住在这里？"他问。

"不完全算。"我说。他脸上没有表情。"我是说我住在切尔西。"我用手茫然地指了指外面——不知道现在我们的地铁停着的是哪个隧道。

"切尔西。"他复述了一遍，好像那是个外语单词。诸如藏红花，印度尼西亚。

"你呢？"

"威廉斯堡。"他说。

"那里啊。"这个对话似乎毫无问题。那些年里我们曾经对住在布鲁克林还是曼哈顿有过无数次争吵。我的感觉是，特别是当时，我大老远搬到纽约可不是为了住到城外去的，可是托比亚斯觉得布鲁克林就是城里。那天他之所以会乘地铁曼哈顿线，唯一的原因是他刚到一家画廊去接受面试，现在正前往上城区去参加在惠特尼举行的一个摄影展。

"哪家画廊？"他跟我一说我就问道。我知道切尔西那里画廊的情况。一年前我听说罗伯特去世的噩耗后，我时常在住处周边到处闲逛。我想让大脑清醒就会到处闲逛。并不是因为他的去世会改变什么——自从我还是个小孩起就再没见过他——但不知何故，那确实还是改变了。我只是清楚机会已经永远被带走了。

我曾去帝国餐厅吃晚饭，然后顺着第十大道走，在二十几大

三

街来回走,只要随便哪家画廊开着门就进去逛逛。那里是免费喝红酒的好地方。

"红顶。"他说。

"我讨厌那家画廊。"我不知道自己为什么这么说。话是脱口而出的。不过那是真的,我的确讨厌那个地方。这家画廊总是陈列着实验艺术作品,看上去过分单纯,明显夸张。用糖果包装纸创作的裸体作品。流行文化孕育出的社会死亡。*糖之腐烂*。

"太棒了。"他说,"我也是。"接着他微笑起来,我们看着彼此,一些硬币掉进了我内心深处的赌博机。一切都设置好启动了。后来我曾经回顾过那一刻,想过要是我撒了谎会怎么样。要是我告诉他我知道那家画廊并且也很喜欢它。我不敢肯定后来我们会在一起。

"那你为什么还去应聘?"

他耸了耸肩,把头靠在玻璃窗上。"为了有份工作。"他说。

"你是名艺术家。"我知道,当然,我早就知道了。

"是的。"他说道,"我会大喊大叫'饿死了'之类的吗?"我猜这凭直觉也不难想象出来。"你叫什么?"他问我。他的头猛地往后靠了下。

我的胸口随之挺起,它膨胀得如此厉害,以至于我已经不记得我们还在地下。交换名字令我想到——我知道——这次将会是某些事情的开始。

"萨布丽娜。"我说。

"跟少年女巫同名?"

"哈。不是。跟——"

地铁猛地颠了一下。我们又开始行驶了。实际上，我很失望。我们才刚刚开始不久。不过当地铁在四十二街站停下时，他向我伸出手。"想去喝杯咖啡吗？"他问。

"我上班要迟到了。"我要的是一个真正的约会，而我们的时间不多了。"这样。"我拿出钢笔，把他的手翻过来，写下了我的电话号码。车厢门在他面前关上了。他把手掌竖起来贴在门玻璃上。别把号码弄糊了，我心里想。

第二天，他给我打了电话。他一打电话，这事就开始了。仿佛我花了那四年做准备，一旦准备完毕，那些整理、打扫、清洁工作一结束，这块空间就留出来了。我们冲了进去。我们将它充满，直到整个空间爆炸。

晚上 8:00

我们默默地吃着前菜。杰西卡不停地用叉子在我盘子里扒拉——那是她的一个习惯，只要跟她在一起吃饭，我都不会错过的——这习惯是我们大一新生时在餐厅里养成的。

我们住在一起时，我总是最后要买下足够我们两个吃的各种食物。如今她丈夫也是这样。我都不确定她是否去过食品店。

"那你妻子呢？"奥黛丽问，"你怎么碰到她的？"

"在康复中心。"罗伯特回答说，边有些紧张地瞥了我一眼，"她也酗酒。"

奥黛丽喝了一口饮料。

我把盘子往杰西卡那边推了推，脑子里则在重新思考罗伯特刚说的话。他是怎么离开的，在康复中心里遇见了一个姑娘，开始了一段新生活。这些事我都知道，但从没听他这个源头说起过。

"我们彼此理解。"他说，"我不知道自己怎么会跟某个不明白酗酒成瘾是怎么回事的人生活在一起。"

托比亚斯点点头，我心里突然产生了那种强烈而又熟悉的要揍他的冲动。我们在一起时他老是这么做——随意容忍那些令我讨厌甚至让我受伤害的事情。

他会跟我说："你的问题在于你太吹毛求疵了。"就好像这句话很有深意似的，好像那不是一个无礼之举。

"我理解。"奥黛丽说，"我对毒品不太感冒，不过见过周围有很多人喜欢。真可惜。我认为那跟缺乏陪伴有关。"

陪伴。让我静静地跟你坐在一起。让我握着你的手去理解。

"你有孩子吗？"奥黛丽继续问道。她拿起一个生蚝，在上面放上一团辣根酱。

"三个女儿。"罗伯特说，"除了萨布丽娜，还有黛西和亚历山德拉。"

"亚历山德拉。"奥黛丽心不在焉地复述道。

"一个十七，一个二十四。小的喜欢唱歌。大的……"罗伯特的话音低了下去，然后他摇了摇头，轻笑了一下。我感到胸口有什么东西紧紧地揪了一下，担心快要被撕裂了。

康拉德好像是唯一注意到这点的人。"那算不上是个道歉。"他说。他大大地喝了口红酒，然后坐了回去。

"是的，"罗伯特说，"那算不上。"

"我不想要道歉。"我说道，"你所说的任何事都无法弥补。"

"我为什么在晚餐名单上？"他问。他问得很突然，我差点要说实话。

在他死前我就把他放在名单上了。我一直保留着他，因为我想弄清楚。因为我有个跟他相同的问题：为什么？

"她要你试试。"杰西卡几乎是歇斯底里地说道。

晚上 8:00

"啊哈。"康拉德说,"家庭。"他看看杰西卡。她大口喝着水。"神助攻。"

她吞了下去。"谢谢。"

"你错过了所有的故事,每一个回忆。"我说道,"你错过了一切。"

"是的。"罗伯特上下抿着嘴唇。我有一种似曾相识的同样的习惯。橱柜上放着一壶咖啡。某个早晨早饭时刻,在账单和卡通书之间。"你母亲有没有跟你讲过你出生那天夜里我们是怎么把你从医院里带回家的?"

我耸耸肩。"我不知道。不记得了。可能讲过。"

"继续。"康拉德说,"我们听着。"他朝他做了个讲下去的手势。

"那天下着雪。"罗伯特说。

"真美。"奥黛丽说。

"听起来像是虚构的。"康拉德说,"不过请继续讲。"

"确实下着雪。那时候我们住在宾夕法尼亚的那间小农舍里。你还记得那间农舍吗?"

"有两只鸡,一头山羊,三只仓鼠,因为萨比要它们。"托比亚斯接口说道。

罗伯特看起来有点吃惊。他还没有真正承认托比亚斯。他是谁?我在想他是不是知道。

"是的,好吧。嗯,我们住的地方离医院三十英里。"

我曾听母亲讲过这件事。他说得对。那天有暴风雪,路况很糟，他们只好把车停在路边。我妈妈抱着我待在车里，爸爸到附近的谷仓借他们的电话打。汽车暖风坏了，不过我不确定，也许是他们的车就没有暖风。此刻我把这个故事讲了出来。

"不对。"罗伯特摇摇头，"你母亲没有待在车里。她也到了谷仓里，我们在那儿度过了第一晚。"

"去他的耶稣。"康拉德大声道，"萨布丽娜说不定才是上帝真正的孩子。"

"你打了电话，花了一个小时等暴风雪过去，然后你开车回家了。"我说，"事情不是那样的。"

"我们一整夜都在等暴风雪过去。那里没有电话。电话线断了。"

"为什么妈妈要撒谎呢？"

罗伯特拿叉子在盘子里划拉着，瓷盘上发出了呲呲呲的声音。"她也许不记得了。"

我以为你应该只记得好的部分。在重温我和托比亚斯的关系时，我知道自己往往就会那样。那是我们的高能时刻回放。我们最精彩的华章。那些悄悄爬进来的东西，那些将我们分开的东西，我很容易就忘记了。

"你们带着一个婴儿睡在地上？"杰西卡问道。她儿子道格拉斯刚七个月大。杰西卡还在母乳喂养。她很喜欢谈论这事。对此我并不在意，或者应该说我已习以为常了。杰西卡一直要比我开放得多。她会光着上身在我们的公寓里走来走去。当然理由是戴胸罩会致癌。

晚上 8:00

"那里有毯子。"罗伯特说,"玛茜一整夜没睡,给萨布丽娜喂奶。那家农场主给了我们吃的和喝的。"

"我是诞生在十四世纪吗?"想到刚刚出生的我被紧紧包裹在麻布袋里,我亲爱的父母抱着我待在谷仓里,这样的场面让我有点难以忍受。我把几块帕尔马干酪条跟蔬菜条推在一起,全部舀起放进嘴里咀嚼起来。

"我们很幸福。"罗伯特说。

"只幸福了一晚上。"我说。

"一年。"他说,"我们幸福了一年。"

我的确记不得孩提时代的很多事情了。我猜想自己从来没问过,我母亲也从来没主动提过。不过现在我知道为什么了。当有人离你而去,记住快乐远比想着那些不幸更为痛苦。

"后来出了什么事?"我问。

"责任。"奥黛丽说。说出这话时她看起来有点点难受,我记下了要和她谈谈,问问她的生活。我再次因为把她拉到这潭浑水里而感到不安。这毕竟是我的私事。

"总是有这样那样的事情。"罗伯特说道,"情况变得更糟,没有好转。我们总是在吵架。我本应该在她身边,可我经常不在。她希望我离开。"

"不是那样的。"

"对,"他说,"不是那样的。"

"她又结婚了。"杰西卡说。我看着她。她耸了耸肩。"干吗?"她说,"她的确又结婚了。我觉得她很开心。"

"是吗？"罗伯特看看我。他充满希望的眼神差点让我崩溃。

"那无关紧要。"我说。

"不，有关系的。"托比亚斯说，"这意味着那并非她对幸福的唯一一次追求，也许她也并不幸福。"

"那又怎样？"

"所以你不能单单责怪离开的那个人。要是两个人不幸福，只去注意那个最终走出家门的人不过就是让人们去了解技术细节而已。"

"说得轻巧。"我说。

康拉德清了清嗓子。"我们有点超前了。"他说。

"不可能不超前。"奥黛丽说。此刻她看起来很愉快，更加活泼起来。

"一切都一下子发生了。"杰西卡说道。她把一只手放在额头上不动。

"没错，亲爱的。"康拉德说，"此刻一切都正在发生，我们还是来搞清楚到底是怎么回事吧。"

四

他迟到了。我站在布鲁克林大桥曼哈顿这边的桥口。这是我们第一次约会。他打电话问我想不想一起去走走。于是我们就来了这里。

那是个秋日。9月23日。天有点凉,不过不冷。我很想动动,等他等得有点焦急。

他比我们约好碰头的时间晚了三十三分钟。他是从布鲁克林那头慢跑过来的,脸上带着腼腆的微笑。

"我们等在桥两头了。"他说道,"我应该说得具体点的。"

他朝我咧嘴一笑。我也朝他咧嘴笑了。我们开始散步。

任何时候在布鲁克林大桥上漫步都是件很壮观的事,而在夕阳西下时则更是妙不可言。那感觉,就如同宇宙将我们放置在了相对的两侧,那样我们便可以走在一起。在那一刻,就在我们的四周,天空的色彩由炽烈(红色、橘色)变幻为顺服(蓝色、黄色)。

走到桥中间某个地方时,他悄悄地握住了我的手。这让我怦然心动。

"给我讲讲你吧。"我说。

"我更想先听听你的故事。"他说。

"我的事情很没劲的。"我说。

"不对。"他把另一只手伸过来,把我脸上的头发拨开到一边,"你是世界上最有意思的姑娘。"

我咽了下口水。"好吧。我一毕业就从南加州大学搬到这里来了。我跟最好的闺蜜住在一起。"

"在切尔西。"他说。

"对,住在切尔西。我给一个疯狂的时装设计师打工。"

"那你打算做什么呢?"他问。

"还没想好。"我说,"我想这是个问题。"他捏了捏我的手。我回握了下他的。"你呢?"

"我得到了一份工作。"

"红顶公司?"

他点点头。"我接受了。"他说话的样子就仿佛在认错似的。

"那太好了。"

"是吗?"

"是的。那家公司离我的住处只有一个街区。"

说完我笑了起来,为刚才话里暗示的意思感到很尴尬。他微微更用力地握住了我的手。

"想不想去看电影?"他问我。

"好啊。"

"你选看哪部,我请客。"

四

我们最后去威廉斯堡一家剧院看了正在上映的《西北偏北》,我从未去过那里。那家剧院上映独立制作影片以及第二轮放映的片子,用的还是下拉式银幕,并供应廉价红酒和四美元啤酒。

我们低着头凑近在一起。他用手臂抱着我。"很明显,唯一能让你们满意的表演就是我演死人。"加里·格兰特在片中说出这句台词时,托比亚斯把我的头往后靠,然后吻了我。

那不是个疯狂的吻。我们以前各自都有过很多那样的吻。可那是个基准点,是在柏油路上用粉笔画的一条起跑线,是个开始。他的嘴唇柔软而温暖,我记得他的味道混合着烟草味和蜂蜜味。我从没意识到那是种我很爱的混合味道,不过不久以后我就抽起烟来,因为托比亚斯抽烟。我们会一起抽烟——蜷缩在我没有电梯的五楼住处外的逃生梯上,手都皲裂了,浑身冻得发抖。那时候已经是冬天了。他差不多是跟我住在了一起。而且,我们恋爱了。

晚上 8:38

"托比亚斯，你是做什么的？"康拉德问。他又要了一瓶梅乐红酒，正在给奥黛丽倒酒，而她则装模作样地表示不能喝了。杰西卡看了看手表，又环顾四周寻找服务员。

"我是摄影师。"他说。

坐在我旁边的杰西卡在椅子里挪了挪身体。

"一名艺术家。"奥黛丽说道，"真棒。"

"你曾经跟很多很棒的艺术家一起工作过。"托比亚斯对她说。

奥黛丽微笑着。整个晚上，我第一次发现自己难以言说并且无法自拔地被她迷住了。她的双唇微微地张开着，好像马上就要说出一个古老的秘密来。

"我最喜欢鲍勃·威洛比的作品。"她说，"他是派拉蒙公司的摄影师。我们俩关系很不错。他对光的运用很独到。他常常在大清早给我拍照。你们可以想象吗？总是在晨曦中拍。"

托比亚斯往后坐了坐。他看起来很满意。我想起他有次曾经给我讲起过这位威洛比。有时候托比亚斯也会在大清早把我从被窝里拖起来。他总是在追逐光。

"威廉·霍尔登怎么样？"康拉德问，"我一直想知道。"

听到有人提起她的绯闻情人，奥黛丽的脸红了一下。她端起红酒杯。康拉德咯咯笑起来。"一言难尽。"她说。

"就这样？"康拉德问。

"不。"她说，"不过淑女是绝对不会说的。"

"哦，有时候喝过两杯后淑女也会讲出来的。"康拉德说。

奥黛丽装出一副受到伤害的样子，不过我看得出她其实并没有。她对他有好感。我看得出她喜欢他，那让我感到很高兴——在这里有人可以让她感到舒畅，能让她欢笑。

奥黛丽咳了几声。

"你记得最清楚的是什么？"罗伯特问她。

她喝了一小口。她在思考，脸上的神情说明了一切。"早年跟孩子们在一起的时候。"她说，"那是我最想要的，真的。做一个母亲。"她停了下来，伸出了食指，"啊，等等，你是问我记得最清楚的是什么，还是我最喜欢的是什么？"

罗伯特看上去有点迷惑。我明白，对他，当然还有他们来说，两者是一回事。

"两者之一吧。"他说。

"两个都是！"康拉德说。

"我喜欢《蒂凡尼的早餐》。"她说，"很多人觉得我不喜欢这部片子。我一直搞不清怎么会这样的。"她开始敞开心扉。她就如同水中的一滴染料，开始改变液体。缓缓地，流动着，她变得有了色彩。"那部片子拍得很难。我碰到很多麻烦，要演那么外向的角色，因为我自己很内向……"她的声音慢慢低了下去，然后又重新提起嗓音说下去，"不过那也许是我拍过的最让我自豪的片子。卡波特还有其他的一切。"

"你没表达过。"罗伯特说。

"我最喜欢《罗马假日》。"杰西卡说，"萨比跟我以前一直看。"

"没错。"我说道。我还记得我们一起蜷缩在沙发上，中间放着爆米花。那好像已经是很久以前的事了。

"我真是受宠若惊。"她说，"那是我的第一部电影。我一直记得这个项目，很喜欢它。谢谢你们。"

接着，她仿佛又记起自己来了，挥了挥手。"我已经说得太多了。"她说。

康拉德摇了摇头。"没事。"他说，"我们想知道。"他盯着我看。

"那很有意思。"我说，"我们都是你的忠实粉丝。"

托比亚斯点了点头，那当然是真的，他也是粉丝之一。不过有谁不是奥黛丽·赫本的粉丝呢？

"我还想说的是，我们还没有谈到你做的全球服务工作呢。"康拉德说，边轻轻敲着笔记本，"相当有人道主义精神。"

"不，不，那不过是我们都应该做的。尤其是现在。"

"特别是现在。"康拉德附和说。

"近年来这个世界已经成了一个黑暗的地方。"罗伯特说。

康拉德摇摇头。"一直都是的。只不过现在人们开始关注了而已。"

"良善与罪恶是相伴而存在的。"奥黛丽说,"它们就像 DNA 链,错综复杂、不可逆转地扭结捆绑在一起。有时候良善占上风,有时候罪恶占上风。我们并非为良善的永久胜利而战斗,而是为了取得两者的平衡。现实就是如此。"

"就是如此。"康拉德附和说。

五

托比亚斯和我以前常玩一个游戏。用五个词来形容你现在的生活,此时此刻。他会在任何场合问我这个问题。早晨起来冲澡时。有时候在短信或电子邮件里。某个下着雨的星期天下午,在他住处,试图要我坦白是想吃比萨还是中餐时他也问。有一次是在我们吵架吵到一半时。

"五个?"

我们在第一次约会结束时第一次玩了这个游戏。我们走过布鲁克林大桥,看完电影,喝完两瓶廉价的西班牙红酒后,他陪我走回家。那一刻,我感觉我们已经穿越了每个街区的分界线。我们一直在不停地旅行。

他得寸进尺。我们整夜都在偷偷接吻。在剧院,他把手围在我座椅背上,用手掌包住我的肩膀。在走回家的路上。在街道上,在第八大道的路灯下。他不住地吻我。

"告诉我五个。"他说。

"五个什么?"

"五个词。"他说,"跟我说说你的生活是怎么样的,现在。"

五

"现在,马上?"

他用食指点住我的鼻梁。"对。现在。"

"要是我只需要用一个词呢?"我问。

他靠在我公寓楼的门柱子上。一些细碎的油漆脱落了,弄脏了他的外套。他穿着羊毛外套。袖口有些磨损。

"好吧。"他说,"你用哪个词?"

"幸福。"

我们互相看了看。然后他把我拉到了角落里。他用双手捧着我的脸,他吻了我。我记得不知为何,感觉自己脚踏实地,就好像他的吻并没有让我飘起来,反而是让我扎根在地上。他的吻让我感觉到,最后,终于,我回到了我应该属于的那个地方。

"跟我说说关于你的五个词。"我抵着他的嘴唇说。

"温暖。"他说道。他的呼吸喷到我脸颊上。"敞开。"他边说边吻着我的眼睑。

我对着他呼吸。我紧紧地抓着他外套的两侧。

"秋天。"我说。

"对。秋天真好。"

"开始。"他说。他说出这个词时,我心里涌起了有点怪异的感觉。我感觉自己是个卡通人物。

"最后一个词呢?"我问。

他抱着我转起来。他把我压在身后的木头上。他的手伸到我的衣服里,我觉得自己的脊椎挺直了,人收缩起来。

"现在。"他说。

我们就在那个门廊外做爱，做了很久。我跌跌撞撞进门然后爬上楼时，天光已经亮了。我回到屋里，杰西卡正在瑜伽垫上倒立。

"你上哪儿去了？"她问我。

"跟托比亚斯一起。"我说。

她翻身站起来。"哇！"她说，"现在都早上七点了。"

"我们去看了部电影。然后走遍了整座城市。"

"开玩笑吧。"她说道，"那简直太浪漫了。我不信。我不信他会做这种事。"她不再看着我。她的目光盯着天花板上的某个点。"感觉怎么样？"她问。她收回目光，两眼看着我。

我在她身边坐下，一言不发。

"那滋味很不错，呃？"她嘴里吐了口气出来。

"算是有点吧。我觉得自己快要爱上他了。"这当然是句谎话。我已经爱上他了。"我买过他拍的作品。"我继续说道，"还记得我去摄影俱乐部那次？那里有个摄影展。他不在，可我买了那幅照片。我没跟你讲过这事。"

杰西卡看了看我。她摇了摇头。"整个这一回，"她说，"他正好就出现了。"

"是的。"

"那不是很疯狂吗？你想没想过为什么你花了那么长时间才找到他？"

我没想过。我只是很高兴找到了他。

就我自己而言，从圣莫尼卡到地铁站碰到他之间的四年里，

五

我做出了许许多多不顾后果的决定。我搬到纽约来，部分是因为我大学阶段的男朋友安东尼。尽管只是之前还有好感，但最终还是没有和他结束关系。他毕业后来了纽约，一年后我跟了过来。我的航班一降落他就一劳永逸地了结了我们的关系。公平地说，因为分隔两地，我们的关系磕磕碰碰，不太上得了台面。我对他不忠。我肯定他也对我不忠。他初来乍到纽约，每周工作一百小时，在一家银行挣钱。他跟嫩模上床，费用由高盛报销。我则刚刚开始到《天际线》杂志当助理。那份工作我大概干了三个月，然后就跳槽去了时装设计公司。杂志社那份工作都算不上是份真正的临时工作——工资低得可怜，我在夜里和周末还得帮人看孩子。

到纽约四天后，我和安东尼在华盛顿广场碰头。他跟我说了分手。实际上，那不是他说的原话。他说的是："我还没准备好。"尽管我无所谓，但还是哭了好几个星期，虽然自己知道那毫无意义。我整天听糟糕的蓝调音乐，体重轻了五磅。不过我并没真的很伤心。我一直要到跟托比亚斯分手才明白什么是心碎。那不过是失望而已。我也只是在装装样子。杰西卡陪着我坐在地上，我们烘烤布朗尼杯。我记不得是出于什么理由，我们一起看了《卡萨布兰卡》。我们将永远拥有巴黎那段时光吗？那以后还发生了一连串的后续事情，每件事都有点不太对劲。杰西卡安抚我，给我慰藉。她坚持付出她的爱，如同有大批鲨鱼出没的海洋里的漂浮物。有时候因为这我还很恨她——她无拘无束地相信一切都会好的——不过现在我不恨了。如今我很喜欢她的观点。

杰西卡坐在自己盘起的腿上。"这回感觉像是个开始啊，对不对？"她说，"就从现在起。要是他就是那个对的人呢？"

对杰西卡来说，每一件事都有着某种轨迹。婚姻。孩子。一座房子。杰西卡还跟苏米尔在一起，他们俩一起度过了成人期的每个阶段——彼此的初夜，一起毕业，第一份工作等。

可是在托比亚斯和我一起的早些年里，我们从未没有考虑过我们会以什么方式结束那只关乎我们当下所处的位置。

我们房间墙壁上的一句标语嘲笑了我。种瓜得瓜，种豆得豆。

杰西卡从地板上站了起来，走进厨房。"空气中弥漫着爱情！"她回过头大声喊道。的确是的。

晚上 8:54

"我要去吸奶水。"杰西卡悄悄地跟我说。

她按着被胀鼓鼓的胸脯撑着的短上衣。

"你东西带来了吗?"我问。虽然一直见她带着用带子绑在胸脯上的那个奇妙玩意儿走进走出的,像给奶牛挤奶一样给她咕滋咕滋吸奶,可我一点都不明白那吸奶器是怎么用的,也不知道它有多大。

"我只要慢慢走到洗手间里就行。"她说,"我带着呢。"

"你自己行吗?"托比亚斯问。

我隔了一会儿才意识到他是在跟我们说话,他听到了我们说的话,他指的是杰西卡起身离开去吸奶的事。要是她站起来,离开餐桌,她还会回来吗?

"要滴出来了。"她说,"我猜大家会看出来的。"

她把椅子往后挪开,把包扔上肩头。我们都看着她,不过什么也没发生。她走到拐角那里消失了。康拉德把我们的注意力又拉了回来。

"我觉得我们今天的谈话主题过时了。"康拉德说,"等上菜这工夫,我们来玩个游戏吧。"

托比亚斯把胳膊肘放到桌子上。"可是我们刚刚开始提到好玩的事啊。"他说,"刚刚轮到谈爱情。"

"那最好还是跟着感觉继续谈那个话题吧。"康拉德说,"我们已经在谈了,我们继续说说吧。"

"很合理。"

奥黛丽嘟起了嘴唇。她把手放到康拉德的前臂上,他立刻闭上了嘴。"你们两个怎么回事?"她问,她在问托比亚斯和我。

托比亚斯看着我。我们坐下来后,这是我第一次直视他。

"我想我们想要的东西不一样。"他说。

我把目光转回到桌子上。我克制着自己,没对他翻白眼。他立刻就感觉到了我的恼怒。我可不是忸怩害羞。"难道不对吗?"他问我。

"我们想要的不一样?你可真当回事。"

托比亚斯双臂抱着放在胸前。"我不知道。"

"我们两人什么都想要。"我说,"那才是问题。"

"我可没有那样的问题。"

"不,你有。你还记得在大巴林顿那天的事吗?你跟我说你确定我们用不着为了什么事那么厉害地争来吵去的。"

"记得。"他说,"我支持那样。"

"那么你是怎么会同意的呢?"

"同意什么?我们俩在一起?"

我点点头。

晚上 8:54

"因为,"他说,"我曾经愿意过。我只是不能忍受你是如此令人痛苦。"

奥黛丽摆了摆手。"对不起,"她说,"这个情形很独特。也许我们直奔主题太快了点。"

托比亚斯摇摇头。"现在都是一样的了。那都过去了。"

关于过去。我想说点别的,不过我打住了。因为我还没确定是否要把那件事摆到台面上来。这种犹豫不决的感觉我很熟悉。以前,有时候去跟托比亚斯约会感觉就像玩叠叠乐游戏。我能说出多少来呢?假如我把那件事说了出来,整座塔会不会塌下来?假如我告诉他我的真实感受,那会不会是我最后一个反击的机会?我感到很可怕,又很兴奋,因为每次我提起另一件事来,那座塔依然矗立着,我觉得好像自己要赢了。我不记得的是,到了游戏中的某个点,整座塔是会倒掉的。每一次玩都会出现这种情况。那是结束游戏的唯一方式。既然知道自己只会剩下一堆乱石块,那么我为什么还要不停地玩下去呢?

六

我们初次约会后的第二天,他到我公寓来了。那是星期六下午三点。杰西卡不在,她跟苏米尔开车到州北部去看那些他们买不起的乡村别墅去了。

我在窗边涂趾甲。那是个秋老虎天,我穿着牛仔长裤,上身穿着背心。他在楼下按呼叫铃,我没听到。接着他大声喊我的名字。从我的卧室看下去是第十大道,我看到了他,在五层楼下,抬头眯着眼站在阳光里。

"嘿!"我叫道。

他挥了挥手。

"你想上来吗?"

他摇摇头:"我要你下来。"

"我在涂趾甲。"我说。我把瓶子伸到窗外晃悠着。霓虹蓝指甲油,名为"夜间赛车"。

"我等着。"他说道。他朝马路对面指了指。"喝咖啡。"我看见他走进帝国餐馆,在靠窗桌边坐下。我匆匆地把趾甲还没干的脚套进人字拖,飞速跑下楼去。当我穿过马路来到他面前时,我

六

的心扑腾扑腾地猛跳着。

"哦,太棒了。"见我进来他说道。他从卡座里站起身,在桌上放了五美元,然后拉着我的手走了出去。

"我以为你要喝咖啡呢。"

"我们才不要在里面待上一天。"他说。

他把我转向他怀里。很多时候跟他在一起感觉像是跳舞一般。华尔兹,两步舞,有时是吉特巴,常常是探戈。

"你来这里干吗?"我有点上气不接下气地问。

"我一直在想你。我觉得很蠢。"

"蠢?"我在他怀抱里僵了一下。

"是的。既然我可以见到你,干吗傻坐在那里想念呢?"

他吻了我。我们开始走起来。我不在乎我们要去哪里,不过还是问了。

"到河边去。"他说。"你想不想去?"他有时候就是这样害羞,有点拿不定主意。这种情形会很奇怪地隔一阵就出现。

我们甩着手。我们跑过十字路口。我们经过第十四街后突然转了个方向,穿过去来到哈德逊河旁。

我们到那时差不多四点了。我连件针织衫都没带。我们跳到一个码头的草坪上,托比亚斯脱下他的运动衫。他把它套到我头上,我伸出双臂穿了进去。衣服上是他的味道。那味道混合着香烟、蜂蜜及淡淡的海风。"谢谢。"我说。

即便他离开后我还保留着那件运动衫,因为那上面依旧有他的味道。我没有洗它,还穿着它睡觉,过了一阵后它散发出汗臭味和我的椰子洗发水味。我只好接受它不过就是一件运动衫而已。他已经离去。

他仰面躺着。我也是。我们没有碰到彼此，可是我能感觉到他的身体就在我边上。感觉好像我们两个都在往地里沉下去，成为大地的一部分。就像我们会在那里相遇——在原始而新鲜的泥土中间的某处。万物起始之处。

"我喜欢纽约。"我说道。感觉这么说就像是一件很平常的事，但我确实是这种感觉。

"我觉得自己可以住到波特兰去。"他说，"我有那样的梦想。醒来，然后去远足，做饭，听雨声。"

"穿着厚厚的巴塔哥尼亚牌外套。"

"是啊。"他的手指跟我的绞在一起，"不过是在某个真正有生活品质的地方。某个安静的地方。我喜欢布鲁克林，但有时我在想这算不算是我的生活的最好版本。"

"当然不算。"我说，"最好的版本是在摩纳哥坐着游艇休闲，给维多利亚的秘密的模特们拍照。"

"商业摄影并不是我的擅长。"

"但愿你是在自嘲。"我说。不过我甚至都不想转过头去确认。

"一半一半吧。"

那便是托比亚斯说的。一半一半。一开始，我挺喜欢这个。那证明他挺复杂，他拒绝一条底线。我认为那意味着他从琐碎的事物中看到了真理，看到了基本的事物中的琐碎性。那是看待这个世界的一种方式，可以让新鲜空气进入。不过几年以后，那开

六

始令我困惑起来。那就像流沙——我再也不能区分出什么对他来说是真实的。当我问他是不是生我的气时,他回答说"一半一半",那是什么意思?

我穿着他的运动衫,人在发抖。风刮着。我们的前面是在河边耸立着的泽西市。

"我那里有爆米花机,还有张《罗马假日》的DVD。"他在我边上说道,"我们离开这个冷得像棒冰摊的地方吧。"

他不可抗拒,很性感,整个宇宙都在撮合我们,况且他喜欢奥黛丽·赫本。我觉得好像回避着进入了一个不同的现实世界——一个安置着年轻皇室成员和名人的世界。人们总是微笑着,因为有什么事可操心的呢?生活真是美好。

我们去了他的公寓。位于伍德点的一幢套房公寓,亮蓝色的墙壁,上面挂着画了一半的巨大画布。

"我的室友是名艺术家。"托比亚斯说,"噢,其中的一位。"一排共有五间卧室,不过只有托比亚斯和马蒂经常在家。其中两名室友是考古学家,在埃及进行考古挖掘。我只在托比亚斯从公寓搬走那天见过他们一次。那位艺术家室友的女朋友总是一本正经的,她住在绿点。剩下的便是马蒂了,马蒂十九岁,很安静,在布鲁克林学院读计算机科学。他三个月大时跟全家从多米尼加共和国移民过来,尽管有时候他看上去只有十六岁,不过他身上始终有种与年龄不符的成熟。托比亚斯称马蒂是他最好的朋友,后来我才意识到真是那样。他们两个是很不搭的一对。托比亚斯缺乏耐心,心血来潮——满头金色卷发,颐指气使。马蒂则有条不紊,有预见性,乐于扮演跟班的角色。即使还在上大学,他就已经为父母位于布朗克斯的房子付一半的房租了。

"马蒂小子!"我们走进去时他叫道,"我女朋友来啦。"

我挠了挠他的肋骨。

马蒂的头从第三间房间伸了出来。门上贴着个标识,上面写着:正在学习中,还印着一张照片,一个坐在桌子上的姑娘,她的两条腿圈住坐在椅子上的一个男生。我立马知道那是托比亚斯买给他的。

"你好!"他跟我打招呼。他伸出一只手,可人没有从门后出来。

我握了握那只手。"你好!"

"我们准备看部奥黛丽·赫本的片子。想一起看吗?"

马蒂把头伸得更远了。

"他有土拨鼠的血统。"托比亚斯说,"别把这当回事。"

"我喜欢土拨鼠。"我说。

托比亚斯朝我咧嘴一笑。他把胳膊搭在我肩上,用力挤了挤。"我也是,萨布丽娜。我也喜欢。"

"明天我有门经济学考试。"马蒂说,"不过你要是把音量调到正常,我可以听见的。"

"一心两用。"托比亚斯说,"我喜欢。"

马蒂关上了门。

"好玩。"我动了动嘴唇。

"可爱。"他回了我一句。

六

马蒂十九岁,我们二十三岁。这个年代,四年就相当于相差几十年——那种年龄差距让我们显得更老,更智慧,更沧桑。有时候,我们感觉像是他的父母辈,尽管我们没资格。马蒂比我们两个都聪明。

"快来。"托比亚斯说。

他把我拉到他身上。我们开始亲热起来。他的手先放到我屁股上,然后移到腰上。他慢慢地把手伸到我的背心里。我对着他的嘴吐了口气。

"让我们看电影吧。"我轻轻地说。

"我们也可以一心两用。"他说。他拉紧我,深深地吻我,然后从沙发上起身,把碟片放进机器。我望着他的背——我仍然穿着他的运动衫,而他只穿着一件薄薄的灰色T恤。他移动的时候T恤绷紧然后弯曲着,就像舞蹈演员在热身。

他从天花板上把投影屏幕拉下来时,片子的起始音乐刚刚从房间里某处响起。

"观看影片,解构。"我说。

他转过身,滑稽地看了我一眼。

"怎么啦?那很酷的。"我赶忙说道。他转了转眼睛。

"你赢了。"他说。

机器在放着片子,但我再也没能看。因为他抓起我的手,带着我经过走道来到第五个房间。那是个小房间,里面有张双人床,上面铺着蓝色床单,还有书架。每堵墙都有书架,杂乱而令人愉悦。

他双手捧着我的脸。他把我往后弯着,我的头落到了床上。没有别的地方可躲。

"嗯,看看那。"我说。

"好的,"他说,"看看那。"

晚上 9:02

杰西卡小跑回餐桌,把挤奶泵塞进包里。"不好意思,不好意思。"她说,"我回来了!"

我们已经吃完前菜(我没能得到一点儿生蔬菜),可是奥黛丽说了这么句话:"我相信我们已经开始扭转局面了。"她指了指桌对面的托比亚斯和我。

杰西卡放下包,用双手理了理头发。"萨比和托比亚斯?"

康拉德朝前动了动身体。他指着杰西卡,说道:"你,也许是唯一能真正讲这个故事的人。"

"噢,别。"托比亚斯说,"那我们遇到麻烦了。"

杰西卡假装生气地看了他一眼。我想起他们曾经在一起的样子——我们三个曾经是如何在一起的样子,我的心揪了起来。

奥黛丽看起来很不解。康拉德轻笑了一下。罗伯特把椅子往后推了推。"为什么会那样?"

"没有,"杰西卡说着喝了口红酒。自从生完孩子后,她又开始喝酒了。她瞥了我一眼,"你真要我说出来?"

我伸出自己的手。"随你便。"我说,"这次聊天到现在已经非常深入了。"

"都十年了。"杰西卡欲言又止。她双眼盯着托比亚斯。"那是条很长的路。我——"她吐了口气,"你们确定要听?"

"讲吧,"康拉德说,"说下去。"

"他们彼此相爱。有时我想那便是问题所在。爱得太过头了。他们本不应该让事情变得那么复杂的。"

"有时爱并不容易。"奥黛丽说道。

"如果你是跟错的人在一起的话。"杰西卡说。她镇定了下来,两眼睁得大大的。她刚刚纠正了奥黛丽·赫本的话。

"我觉得她说得对。"罗伯特说道。

"强烈支持。"我忍不住插嘴。

"你认为他们彼此不合适?"奥黛丽问。

"我认为是合适的。"杰西卡说,"开始的时候。也有很长一段时间,真的。可是……他们一直没有长大。有时候我觉得他们的关系让他们永远保持在刚认识时的年纪。"

"你认识苏米尔时才十八岁。"我说,"那不公平。"

"你哪儿也没去。"杰西卡说。

"为什么总是需要有个目的地呢?"我问道,"你不是老是在谈论旅程吗?你以前也相信那类东西的——生活的流动之类的。"

"生活是向前发展的。"杰西卡说,"我不是说你非得要结婚。我只是说你需要进化,可你并没有。"

我用大拇指和食指捏了捏鼻梁。托比亚斯朝我们转过身来。"某种程度上你是对的。"他对她说道。

晚上 9:02

"切。"她朝他微笑。

"那时我爱她。"他说。他的眼睛注视着我。"我的整个生活——总是充满了她。"

我还没来得及让他把话说完,杰西卡插了进来。"我知道。"她说,"我从未怀疑过这点。"

我想起了我们各奔东西的那两年。那时他去了加利福尼亚,在圣莫尼卡担任某个摇滚乐明星的摄影助理。

"那有什么关系呢?"我说,"托比亚斯自己都说了。那是过去的事了。"

"因为,难道那不就是我们在这里的原因吗?"奥黛丽说。

我环视了一圈。"我认为关于我们还有某样更本质的东西。"我说道,"那便是,我们曾经对彼此很必要。我们就是注定要重新在一起的。"

杰西卡大声地呼了口气。"可我不敢肯定你们是否真得合适。托比亚斯始终都是朵花。"

杰西卡有个理论,那就是恋爱关系中的人们要么是花,要么是园丁。两个都是花的不应成为伴侣,他们需要有人支撑,帮助他们成长。

"我喜欢他那种样子。"

"那你呢?"奥黛丽问。

"我是园丁。"我说,"那不是我们的问题。那很管用。"

杰西卡摇了摇头。她拿起酒杯。一瞬间她看起来有种毫不掩饰的悲伤。"你不是园丁。"她说,"这让你变成了园丁。"

七

"我想你是朵兰花。"

那是托比亚斯对我说的。当时我们躺在那间有五个卧室的公寓里他那张狭窄小床上,听着外面传来的《罗马假日》的结束曲。那音乐听起来梦幻而遥远。马蒂从自己的窝里出来做饭吃,我听到他在开放式厨房里,围着微波炉转来转去。

"你认为我是朵花?"

托比亚斯用胳膊肘把自己撑起来。他用指尖在我肩膀上滑动着。沿着曲线往上,滑过锁骨的凹陷处。

"当然。"

"那我们有麻烦了。"我说道。我刚刚跟他说了杰西卡的理论。我不知道为什么要说。性有时候就是这样,可以让时间变得平缓。它让你觉得可以走得更远,可以走到你还没准备好去的某处。

"我们吗?"他吻了他手指滑过的地方。我把手伸进他的头发里。"我不这么觉得。"

"嗯,可你明显是朵花。"

"我是吗?"

七

"你是。而两朵花是不能在一起的。"

我记得自己那一刻屏住了呼吸。在一起。这个词组我是不是说得太早了?我说这个词组到底是什么意思呢?我知道自己的意思。我已经意味着一切了。我意指生活、工作、创作、呼吸。我意味将我们的生活缠绕在一起,直到再也无法分开——可是,在仅仅认识某个人才七十二小时就那么想,那简直是疯了。

当然,问题在于,我觉得自从那天在圣莫尼卡我就认识他了。我已经认识他四年了。

"怎么会呢?"他就说了这么句话。

"有花朵也有园丁。花朵开放,园丁照料。只有两朵花,没人照料。最后都会凋谢。"

"或变得到处生长。"他说。他继续吻着我。这很有用。"这是谁想出来的?"

"我室友。"

"你的室友。"他后退了几步。他斜视着我。"我无意冒犯,"他说道,"不过这个理论似乎过于简单,并不完全准确。"

"我不接受。那不是我的理论。"

"可是你相信?"

我把头枕到枕头上。"是的。"我说,"我相信。我认为在爱情关系中存在两种角色。"再一次地,我为什么用了那个词?爱情关系。那听起来那么的沉重,卡在了我们对话的中间。"作为基座的人和在基座上作为高度的人。"

"我永远不会阻止任何人成长。"他说。

"可你并不是园丁。"

"我们为什么不能一起成长呢?"他看着我。我知道他并非泛泛而谈。我知道他指的是我们俩。

"也许我们可以。"我说。

我们又开始做爱,不过这次不同了。第一次做时是好玩而笨拙,还有点内疚——第一次做爱常常就是这样的,更多是模棱两可。可是这一次我们真的开始走心了。做爱的全部意义。两个人合二为一。

后来马蒂和我们一起出去吃晚饭。我们到位于贝德福德的一家简陋的印度餐馆用餐,那里的扁豆汤和罗望子酱非常好吃。后来几年里我们经常去那里吃饭。有时是我和马蒂,有时是我和托比亚斯,有时是马蒂和托比亚斯。那晚,我们在桌子下手拉着手。我们谈论着要去印度,我们咯咯笑着,因为我们两个都知道对方在想什么——我们想要说的话——让我们一起去吧。然而尽管我们度过了很亲密的下午,一切仍然才刚刚开始。我不想要用哪怕任何一个关于将要到来的承诺去打破那种情感魔咒。它太脆弱了——全是空气,云彩,一个巨大的泡泡映照出的薄雾。它还需要等着凝固。

"那部片子怎么样?"马蒂问。

"很有启发性。"托比亚斯说道,他的大拇指在我的手腕上划过。

"很好看。"我说。

托比亚斯朝我抬了抬眉毛。马蒂掰了一块印度薄饼。"我觉得

七

那不是她演得最好的电影。"他说道。马蒂有时对不需要他关注的东西会很认真——比如饭店评论，比如几十年前的老电影，等等。

"不是吗？"托比亚斯朝前靠在餐桌上。因为重心变化，桌子晃了下。

"《蒂凡尼的早餐》。"马蒂说，"那是经典。"

"你知道，只是因为某样东西出名并不能说明它好甚至很棒。"托比亚斯说道。

"当然不是。"马蒂回应说，"不过多数时候它受人欢迎总是有某种理由的。有名气意味着人们喜欢它。娱乐和品质之间难道不是存在很强的关联性吗？"

"真是那样的吗？"我问道，"我觉得可能只是因为知名度而已。我是说，大多数人是喜欢《蒂凡尼的早餐》呢，还是他们只是知道《蒂凡尼的早餐》？每个大学女生宿舍里都有她的照片。嗯，她和埃菲尔铁塔的小雕像。"

"那是一回事。"马蒂说，"大多数人知道这部片子，因为那是她最好的电影。"

"那就像是说纳粹是好的，因为人们知道他们。"我说。

"我没说好。"马蒂说，"我说很棒。众所周知，在历史上留下痕迹，诸如此类。"

托比亚斯把他的手放到我后脖子上罩住。"算了吧。"他说，"马蒂不知道如何才不会赢。"

"不是要赢什么。"马蒂说，"那是个显而易见的事实问题而已。"

托比亚斯和我都笑了起来。马蒂会给我们造成那种效果——

他仅仅做他自己就可将我们带到同一阵线，不论是有关马蒂的一致意见（关于他的穿着，他跟女孩子说话的方式等），还是他的信仰——那都不重要。我们三个在一起时，托比亚斯和我总是立场一致。

"你在哪里认识的她？"马蒂问道，边用头指了指我。

"停着的地铁里。"托比亚斯说，我同时说道："在海滩。"

托比亚斯看起来被逗笑了。"在海滩？"

我还没跟他说过我们第一次见面的事。我喜欢自己拥有关于我们俩的这个秘密。那就像是我藏起来的一张牌。一张我拿在手里可以在我非常需要的时候打的牌。我不知道那时我为什么就这么扔了出来。

不过托比亚斯身上的某样东西总是迫使着我要诚实，要敞开心扉，要爽快地坦白。诚实为上，始终诚实。那是他的座右铭。

杰西卡和我二十三岁时，我们去时代广场听一个高僧大德讲经。杰西卡做的安排。她在纽约大学的大厅里看到了份传单，然后填表抽签。结果，我们不仅可以去现场，而且居然还可以有座位。尽管我们离那位高僧还隔着差不多两千人，但是依旧能感受到他所散发出的气场。杰西卡激动得哭了，我则难以言表。

我记得他说了这样的话：仁慈优于诚实。

我们从小被教育说诚实是最重要的品质。要说实话，不许撒谎，等等。然而有很多例子证明诚实并不仁慈。人们要做的更为仁慈的事便是不要说出自己不得不说的话。

托比亚斯对此不能理解。他什么都跟我说。最终我也什么都

七

对他说。然而随着诚实的发展，残酷也同步增加。有时我想，我们如此诚实，只不过是要看看我们会伤得有多深。

"《尘与雪》。"我说道，"我们在那幅背后是老鹰翅膀的男孩照片前说过话。"

桌子底下，托比亚斯松开了我的手。"我不明白。"

"在地铁上看到你我就认识你了。"我说，"我是说，我认出了你。"我把一只手插进头发。我感觉自己的两颊红了起来，"我是不是听起来很疯狂。"

马蒂在我们两人之间看来看去，就好像他在看一场还有最后十五秒的体育赛事。

托比亚斯靠在椅子上，一只手摸了摸额头。"《尘与雪》？那什么，四年前？"

"对。"我说，"我还在上大学。我跟全班同学一起去的。不是个大展览。"

"是的。"他说，"不算是。"

我差点要问他是不是疯了，但我忍住了。

"我不记得了。"他最后说道。

我很在意，比我表现出来的还在乎。他应该记得的。我永远都忘不了。

"我吃不太准。"我说。我在撒谎，不过这算是个不错的让步。

"可是那时你去了。"

"我想是的。那是个好玩的巧合吧，就那样。"

"巧合。"马蒂重复道，"荒唐的观念。"

我们俩一起盯着他。

"宇宙间万事万物都是随机发生的。"他说,"没有秩序一说。混沌为王。"

"那你为何坚持床单要折角铺叠呢?"托比亚斯问道。

我松了口气。

"因为,"马蒂说,"我无法在乱糟糟的地方思考。"

"活生生的自相矛盾。"托比亚斯说。然后问我:"你喜欢吗?"

"那个展览?"

他微笑着:"对。"

"我非常喜欢。"

托比亚斯点点头:"我不喜欢。"

"你开玩笑吧?"我在盘子里把豌豆饭和咖喱拌在一起,"你跟我讲了有关那张照片的所有的事。"

"我吗?"

"空间和自然,还有……我忘记了。那时候你很喜欢。你说你去过几次。"

马蒂若有所思地吃着东西。"他以前的艺术品位非常糟糕。现在有时还是那样。"

托比亚斯在桌子下踢了马蒂一脚。"兄弟,别胡说。"

"我很认真的。"马蒂说,"你还把托马斯·金凯德的海报裱在镜框里呢。"马蒂用叉子指了指,"我再怎么试都编不出这种废话。"

"我长大成人时是九十年代。"托比亚斯说,"我喜欢迪士尼电影。"

七

"真他妈令人沮丧。"马蒂咬了一口食物,边嘟囔道。

"谁是托马斯·金凯德?"我问。

"你知道那些田园风格的村舍画吗?那些迪士尼电影卡通角色在里面进进出出的房子?"

"知道一点。"我其实不知道。不过我喜欢听他谈论这个。那就仿佛他身上打开了一个令人难以置信的脆弱的口子——就像他身体上的一个补丁,那里的皮肤没有全部愈合。

"我妈妈常把那些画挂在卧室里。我说不清楚。它们让我回忆起自己的童年。"他看着马蒂,"你吃好了吗?"

"还没呢。"马蒂说,"可是她可以自己解决一些问题。"

"有些姑娘会觉得我的敏感性格很有魅力。"托比亚斯说着,伸出一只胳膊放在我的椅背上。

"她不会。"马蒂说,"她很聪明,我看得出。"

托比亚斯朝我咧嘴笑了。"嗯,对此我们看法一致。"

晚上 9:10

餐厅生意很好。服务员在餐桌边来来回回。我们听到另一桌传来清脆的香槟杯碰杯声，人们在庆祝。

服务员不停地在上菜。一盘热气腾腾的藏红花意大利调味饭，被做成一个完美的饭堆，精巧的帕尔玛干酪加鼠尾草意大利干面配以黄油奶油酱汁，牛排上撒着一根根的迷迭香。一切都是那么整洁有条理，有那么一会儿，我后悔没有去一家氛围轻松的意大利小餐馆吃饭，那种街角边的小餐馆，在那里我们可以分享菜肴，红酒洒在餐桌上，每个人都可以大声跟另外的人说话。那些聚餐情形真是太熟悉了，轻松快活。也许那样才能让氛围变得轻松。但是紧接着我想起来，杰西卡问我生日聚餐要去哪里时，我选了这家。自打我们认识后就成了彼此的惯例——生日当天我们互相带对方出去用餐。过去几年里，有那么多事情已经从岁月的裂缝中溜走了，可是这个习惯还保留着。对此我突然感到充满感激。不管是什么魔力引导我们来此。

"这看上去非常美味。"罗伯特说道，"要知道有次为了业务我曾跟……来过这里。"他清了清喉咙，"我记得这儿的菜很好吃。"

晚上 9:10

"十分赞同。我和太太以前经常来光顾。"康拉德说。

"那时候桌布是红色的吗?"奥黛丽问,"我记得是红色的。"

"你们都来过这家?"我很吃惊地问。

"当然了。"奥黛丽说,"必须是个我们都能找得到的地方。"她朝我眨了眨眼。我感受到了第一次走进来时的情景:为这里的一切倾倒。

康拉德端起酒杯。"干杯!"他大声说道。

"为了什么?"奥黛丽问。她抓住衣服领子。餐厅里有点热,也许是酒开始起作用了。现在我们开始喝酒质浑厚的巴罗洛葡萄酒。康拉德偷偷地又点了一瓶。

"为一起共享晚餐!"康拉德说。他耸了耸肩,仿佛这个干杯的提议很不错。

"以及认识新朋友!"奥黛丽补充道。

"谢谢大家能来。"我说,我想不出别的话。

"为萨布丽娜。"罗伯特说。他带着骄傲和犹豫,举着自己的水杯。

"生日快乐!"托比亚斯说。

"对!"康拉德说道,"生日快乐!"

我们碰着杯。杰西卡在我边上打了个哈欠。"我觉得我们刚进入有意思的阶段。"她说。

"这一切都很有意思。"托比亚斯说。我区分不出他的话里是否有嘲讽意味。他的语气模棱两可。一半一半。

"我感到非常后悔。"罗伯特说道。一桌人一下子沉默起来。

杰西卡和康拉德开始吃盘子里的东西。

"这里的人都失去了许多。"奥黛丽说。她把手从桌上伸过去，捏了捏罗伯特的手。"在某种程度上，我自己也感到后悔。"

"谢谢你。"他说。他的声音听起来很沉重。他清了清嗓子。

"有时候，我认为，失去某样东西才是我们真正认识到它的价值的唯一方法。"康拉德说道。

奥黛丽看着他。她的眼里充满了温柔。过去几分钟里她变得充满母性。

"那我们怎样才能幸福呢？"托比亚斯问。

"幸福并不是经常需要展示出事物的全部。"杰西卡说。

"那真令人失望。"我说。

"没错。"杰西卡说。她从餐盘上抬起头来。"就如同我并没有从跟苏米尔一起度过了完满的一天而得到幸福。我从接受我跟苏米尔难得一起度过完美的一天的事实而感到幸福。我的幸福在于接受我人生百分之九十五的时间是非常不完美的。"

康拉德朝她眨眨眼。"说得好。"他说道。他叉起一叉子干贝送进嘴里。"真爽。"他低语道。

我对着他们来回摇动着食指。"你们俩是我认识的最有正能量的人。在大学里，你给我评级为C，因为，用你的评语说，我'忽视了简单之美，把每件事复杂化了'。"

"对你来说可没那么积极。"康拉德嘟囔道，笑了起来。

"你没抓住要点。"罗伯特说。他在切牛排，这时把刀放了下来。

晚上 9:10

我愣了一下。他注意到了。

"正如你所说的，简单之美来自并非总是整齐划一的事物。完美之中并没有简单之美。"

"我不认同。"托比亚斯说，"我认为最简单的美就是自然。如果不完美的话，自然什么都不是。"

杰西卡在我旁边犹豫了下。"算了吧，"她说，"那也太泛泛了。"

"是吗？我觉得实际上非常深刻。"

"不。"她说，"这并不深刻。人们很容易坐在那里大聊关于自然及其美的诗歌之类的事，但这是不成熟的。你们这些人根本不明白拥有一个简单的生活要投入什么。"

"洗耳恭听。"托比亚斯说道。他往后靠了靠，前臂交叉着放在肚子上。他面前的食物碰都没碰过。

坐在这里，我感觉自己的身体被他们两个拉来拉去。杰西卡喜欢托比亚斯，不过她不喜欢我们之间的关系。我想那是因为她不理解。那种关系比她自己生活中的所有事都不那么单线条。

杰西卡坐直了身体。"真正简单的生活意思是，即使你提醒过自己丈夫一千遍，你还是得把他脱在门口的鞋子放好。然后对此不置一词。"

"那听起来像是在妥协。"我说。

"不是在妥协。"奥黛丽说，"是妥协。"

所有人都转过去看着她。她对着我们露出了电影明星的那种迷人的微笑。"我结过婚，你们知道。"她说。

"后来怎么了？"喜爱奥黛丽的人都听说过她的两次婚姻。也许是虐待？嫉妒。后悔。她想做个母亲的痛苦历程。三次流产，一次从马背上掉下来，给她留下了永远的痛。奥黛丽有着完美的公众形象，但个人生活却充满悲剧。

"我必须低调。"她冷冷地说道，"跟名人结婚不是件容易的事。然而隐瞒结婚这件事也不容易。最终，我低调过头了，婚姻也结束了。"

听到这，康拉德笑了起来。对她由衷而发的伤感的这种反应非常奇怪。"你说话遣词造句真是有一套啊。"他半对她半对自己说。

令我惊讶的是，奥黛丽笑了。"是吗，谢谢你。我一直喜欢写作。时不时地会写上那么一点。"

"我想再来谈谈妥协这个话题。"罗伯特说。他的手在空中挥动着，好像我们在教室里上课。

"悉听尊便。"康拉德说。

"在某个特定的时刻，你怎么知道什么样是付出得足够了，什么样是付出得太多了呢？奥黛丽证明了为了结婚而结婚根本不是什么奖赏。"奥黛丽点点头。杰西卡挪了挪身体。

"我觉得需要辛勤付出。"奥黛丽说。她咬了一小口食物，咀嚼，然后咽下去。

"要付出多少？"罗伯特问。

"我不知道。"奥黛丽说道，"我总是付出太多或者太少——这两者都是很致命的。"

"很多，"杰西卡有点沮丧地说，"要付出很多。"

晚上 9:10

"你提到过你妻子。"托比亚斯对康拉德说,"你结过婚?"

"那是自然。"康拉德说道。

"结了多久?"

康拉德放下叉子,"三十五年。"

"然后呢?"

康拉德顿了一会儿。我认得这样的动作。他在课堂上老是这么干:抓住机会,创造戏剧性效果。"我们两个从没想过要一起离婚。"

"那太妙了。"杰西卡说。她在自己的皮夹里摸索着,抽出来一本折着的魔力斯奇那笔记本。"见鬼。"她说着,继续翻看着。

康拉德从外衣口袋拔出钢笔,从桌子上递了过去。托比亚斯接过去,在我前面递给她。

她飞速地把那句话写了下来,然后把那页纸撕下来,塞进自己口袋里。

"曾经在我们的卫生间镜子上写爱便是答案的女孩怎么啦?"我问她。

"爱依然是答案。"她说。

"那些问题才不再那么重要。"奥黛丽说道。

我们会顺利吗?我们可以保持下去吗?我怎么可能再跟别人在一起呢?

那些便是我过去一直在问自己的问题。我时常问。我来到这家餐厅门口时还在问,现在我还在问这些问题,而他则安静地坐在我旁边。

八

"托比亚斯,这是杰西卡。杰西卡,托比亚斯。"

"你就是那个名人啊。"杰西卡说。

托比亚斯朝她点了下头。"希望这是句好话。"

"最好的。"杰西卡坐在我们起居室那张脏兮兮的白沙发上,双腿盘坐着,肩上披着一块大号的披巾。那是前一年夏天她去参加冥想静修活动时在新墨西哥州买的。我也想去参加,但没钱。一周的露营与静坐要五百美元,有点太贵了。她卖掉自己房间的空调才凑够钱。接下来的夏天她差不多是一直待在苏米尔那里度过的。

"啊,那让我松了口气。"托比亚斯说。他看看杰西卡,又看看我。"在我的圈子里,萨布丽娜也很出名。"

我的胃揪了一下。

"感觉我好像早就认识你了。"杰西卡说,"我是找你的搜索队长。"

托比亚斯笑了一下,虽然我说不准他是觉得好玩还是困惑。我给杰西卡一个眼神要她闭嘴。他不知道我去加州大学洛杉矶分校找他那事。

八

"我喜欢这里。"他这样说道。他开始朝四周打量起来。我透过他的眼睛打量着我们的公寓。挂在窗户上痕迹斑斑的玻璃吊坠,堆在一起的摩洛哥冥想坐垫,不搭调的窗帘,等等——就像走进了一家没有熏香的水晶店。我们的东西真不少。

"我们也很喜欢。"我说。

托比亚斯在我边上换了左脚站着。我们离开他的住处,因为想要单独待在一起,而马蒂一直滔滔不绝说个不停,我们都没法关上房门。跟托比亚斯做爱让我欲罢不能。跟以前那些男朋友在一起时,这就像是件割裂开来的事情——无论语调还是共鸣,都不同于我们关系的其余部分的事情。时间之外的时间而已。可跟托比亚斯做爱却是种延伸。他用生活的态度在做爱——亲密,强烈,紧张不安。也许那就是非常有力的原因。每次我们在床上我都有这样的感觉,即便没有明说,我都觉得那可能是最后一次。

此时此刻我只想把他锁在我房间里。周末杰西卡通常会住到苏米尔那里去。我想都没想到她会在家里。

"你们准备干吗?"杰西卡问。

"随便打发时间。"我说,"苏米尔呢?"

杰西卡朝周围看了看,好像他不在这里,她自己也很惊讶。"他要上班。"她说,"喂,你们要不要去吃早午饭?"

托比亚斯一声不吭。"我们吃过了。"我回答道。

杰西卡从沙发上跳下来,手拉着身上的披巾。"外面冷吗?"

我回答不出。我根本不知道气温多少。坐地铁的一路上我们就像两个无处可去的青少年。冷?对我们来说,现在是十一月里的七月。

"有点儿。"托比亚斯说,"要穿外套,不用戴帽子。"

杰西卡对着他眉开眼笑。"谢谢。"又对我说:"他比我想象的个子要高。"

我翻了翻眼珠,笑起来,托比亚斯也笑起来。

她进了自己房间。"很高兴认识你。"她回过头大声道。

托比亚斯把手按在我臀部上。他把我推到起居室墙上。"别在这儿。"我喘着气说。

"带我去那儿。"

我领着他进了我房间。窗户开着,又冷又吵。第十大道噪声隆隆。我关上一扇窗,又把另一扇拉下来,留下半英尺空档。

我转过身,发现托比亚斯坐在我床上。他抬头看着分隔开两扇窗的那堵墙壁。我的胃立刻又翻腾起来,因为我知道他在看什么。

"那张照片。"他说。

那张照片。一个男人,两眼闭着,被一团烟雾笼罩着。他自己的作品。我买下的照片,带着它搬过两次大学宿舍,最后带到了这里,纽约。过了两年后,我把它从床底下拿了出来,请人配了画框,把它挂在墙上。它就像一幅地图,像个符号,像个预言。托比亚斯明白这点。

"你是怎么……"不过这算不上是他问的问题,并不是。

我人僵住了。我的身体无法移动。我不清楚这是不是件好事,或者就此结束了。要是他生气了呢?这不是弄得我比一个狂热的跟踪者还不如吗?

八

"我想我也一直在找你。"他说。他不是对着我说的。他是对着照片说的。我朝他走过去。我们第一次在我的床上做爱。就像我们在补偿失去的时光一般。不过后来,尤其是几年后,我忍不住想起他说那话的样子,想起是什么吸引住了他。我一直在找你。

也许他指的是那个男人,也许是那张照片,也许根本就不是我。

晚上 9:16

"我希望回到我出生的那个晚上这一话题。"我说道。谈论托比亚斯谈得够多了。我还没准备好去理会它。我开始意识到,他之所以在此要比我此前想得更复杂。

罗伯特咬了一半停住了。

"没问题。"奥黛丽说,"我们继续。"她逐渐适应了担任引导者的角色。康拉德激发,她则推进。他们是一个团队,从他给她杯子里倒酒和她给他递面包的样子我就看得出,他们也觉得两人有共同的责任。

"你想知道什么?"罗伯特问。他放下叉子,用餐巾轻轻擦了擦嘴角。那个动作让我觉得异常正式。我对他那种矜持的样子一下子感到怒气冲天。得体。我无法想象,这个身穿蓝色西装、头发花白的男人发怒时会把椅子扔出窗外。

但是他扔过。

"我想知道那时你是否生病了。"我说。

"是的。"罗伯特立刻说道,毫无犹豫,"当然。"他看上去很困惑。桌子对面,我看见康拉德喝了一大口酒。

晚上 9:16

"你想知道那是否是你的责任。"康拉德对我说,"是否是你造成了他的问题。"

"太可笑了。"杰西卡在我旁边插嘴说,"萨布丽娜怎么会有责任?罗伯特酗酒,让家人陷入困境。她那时还是个孩子。"

康拉德什么都没说,奥黛丽也没说话。托比亚斯开了口。

"那不是你的责任。"他径直对我说道。我感觉到桌子底下他伸手想握住我的手,可我把手挪开了。他难道不知道吗?难道他不记得是他离开了我?他们两个都一样吗?

罗伯特在座位上挪了下。"我会把你想知道的一切都告诉你。"他说。

我越过托比亚斯,看向这个男人,他应该是我的父亲。我看得见我们两个身体上的相像之处。我们在这儿坐得越久就越明显。也许这是让这种相像很容易被注意到的令人吃惊的因素。我母亲从未提过这点。她从不会说类似你的鼻子长得跟你父亲的一样之类的话。不过我肯定她还是注意到了。我肯定这让她很受伤。

"我的妹妹们在哪里?"我问。妹妹们。这算什么话啊。

罗伯特又在忙着拿餐巾擦着什么。他要哭吗?很难说。我不知道他会怎么说。

"亚历山德拉是名牙齿矫正医师。我是说她明年会成为医师。黛西在攻读电影学位。她想当导演和作家。她很有——"他突然停下来。我知道他想说天分。他应该能够滔滔不绝地谈论她们,她们是他的孩子。可是这些细节,他对她们这些细节所了解的那种方式,让我感到头晕目眩。

"她们住在哪儿？"

"黛西就在纽约。亚历山德拉住在加利福尼亚。她有个孩子。"

"她结婚了？"

罗伯特摇了摇头。"是的。她丈夫很忙。她母亲帮她照料婴儿。"

"真不错。她一定很爱她。"奥黛丽说。

"男孩。"罗伯特说，"叫奥利弗。亚历山德拉是个很好的母亲。"他看了我一眼。"要是你能认识她，那就太好了。"他没把话说完。他没说你母亲不会同意的。他用不着说。

"我觉得她是害怕和别人分享我。"我说道，因为我感觉需要为她辩护一下。不管怎么说，她不在这里。何况她是位好母亲——现在依然是。心烦意乱，操劳过度，但只要有事，她都在那儿。食物，住房，照顾。她告诉我她每天都爱着我。从各方面看，我已经深受保佑。从各方面看，没有他我的生活过得更好。

"那是自然。"奥黛丽说。

罗伯特的一只手在前额上捋了一下。"她有充足理由让你离开。"他说，"我不怪她。你知道这点，那很重要。"

我想着我母亲很少和我谈到罗伯特。要是我坚持要她讲，事情会不会不是这个样子呢？我应该要她讲吗？"好的。"我说道。

"我不希望今晚过后你觉得她是个坏人。我是那个坏人。我将一直是那个坏人。没有什么可以改变这点。"

"那么这一切的意义是什么呢？"我问。我用力抬起双手来加强效果。自从我们坐下到现在，我第一次想要起身走出门去。我很认真地考虑过。我也需要抽根烟。自从托比亚斯和我分手后，

晚上 9:16

我一直在戒烟，但从来没有坚持下来。我不会一根接一根地抽，可是在紧张的状态下，我似乎不溜出去抽根烟就没法坚持下去。我也在自己包里放着一包烟以便救急。

"五个词。"托比亚斯在我边上说。他说得很轻——他说的时候朝我微微侧着身，可是其他人还是都听见了。

"懊恼。"我说。我对着他说。

"好。"托比亚斯说，"还有呢？"

"难过。"我看着自己的盘子，"时间。"

"对。"

康拉德和奥黛丽静静地看着我们，有点好奇。我没看杰西卡，她知道这个游戏。我很吃惊她主动说了个词。

"回忆。"她说。

"好的。回忆。你还要说一个。"

我用力吸了口气。我还记得第一次我们把这个词加入进我们的五个词游戏的情景。我在脑海里想象出那个场景。我知道他也想到了。在我还没来得及说出第五个词之前。

"爱情。"他说。仿佛这个词显而易见，理所当然。

"啊。"康拉德说。他往前坐直了身体。他的目光在托比亚斯、罗伯特、杰西卡和我之间来回穿梭，就像从行驶的汽车里看着窗外经过的树。"我们总算提到了。"

九

托比亚斯和我蜷缩在公寓的逃生扶梯上,我们之间是一根点着的烟。我该说烟夹在他的手指间,不过我们一起抽着这根烟。这是早先的事。我还未承认过自己抽烟。

一整天,我们在市中心逛我最喜欢的麦克纳利·杰克逊书店,然后绕着苏荷区散步。上午十一点左右,我们在本恩比萨店买了两块比萨吃,不过这是我们最后一次吃东西,现在已经马上要晚上七点了。

杰西卡跟苏米尔出去吃晚饭了。我饿得要命,可还是什么都没说。我不想为了去找吃晚饭的地方而破坏整个下午,我知道冰箱里只剩下长了毛的皮塔面饼和芥末。

我开始明白,食物并不是托比亚斯特别需要的东西,虽说他很会做饭。他可以做一顿完美的饭,但也可以一整天什么都不吃,只有肚子开始饿得咕咕叫时才想起要吃东西。他吃是为了活着。有时我觉得他的身体里塞满了别的东西,以至于没有放食物的地方了。

可我并非如此。我的肚子发出了清晰可闻的咕噜声。托比亚斯迅速地靠过来。"那是怎么回事?"他拍了拍我的肚子。肚子痒

九

痒的。

"饿了。"我说。

"饥饿真是太引人注目了。"

"别逗我。"我警告说。我是在开玩笑。这是我们第一次进行这种性质的对话,那种假装恼怒产生的亲昵感让我充满了非常特别的兴奋和喜悦。

托比亚斯一只手捂着我的一边脸,吻了我。"喂饱你是我的责任。我们去吃晚饭吧。"

他弹掉了香烟,从窗户爬进房间,然后向我伸过手来。香烟被扔进了垃圾里。我们互相跟随着朝门口走去。

"你想去哪里?"我问道,同时在找着那只掉到门厅(要是可以算是门厅的话)里那张小长凳后面的UGG靴子。墙边上是一张小长凳,凳子下面放着几双靴子,旁边有一个雨伞架。

托比亚斯把脚伸进自己的运动鞋。"离这儿很近有家我很喜欢的小餐馆。我想带你去那里。"

只要是他喜欢的,我都想去看看。"听起来很不错。"

我找到了那只靴子,不过马上决定换双鞋,穿上了黑色的芭蕾平底鞋。虽然天有点冷,不适合穿这样的鞋外出,但我要跟托比亚斯一起去吃晚饭啊……谁还管脚冷不冷呢?

我们在佩里街拐个弯,然后就到了,就在哈德逊河边上。一家很可爱的饭店,撑着绿色遮阳篷,只有十到十二张桌子。门外有好些盆栽植物,还有一张细小的柳条长凳。

"我去领个等位号。"他说。

我在长凳上坐下。纽约的风比天气更讨厌，绕着我吹。我紧了紧穿着的猎装夹克。真希望自己戴了帽子。或者穿了别的鞋子。

我透过玻璃窗看着他跟一名二十来岁的漂亮女服务员说话。他说了什么，她大笑起来，同时把头发撩到耳朵后面去。她点点头，托比亚斯朝门口走过来，对着我探出头来。

"我们有座了。"他说。

毫无疑问，我感觉自己跟那名女服务员一样被他迷住了——被他那神奇的魅力迷住了。

我们走进去，在靠里面厨房边上的位置坐下来。那里很暖和，因为温度反差太大，我颤抖了一下。"真舒服。"

"嗯。"托比亚斯翻看着菜单。我已经想好要红酒和扇贝。扇贝是跟黄油一起烤的，配拌野生蔬菜沙拉。

所以，我仔细打量着托比亚斯。他看菜单的样子似乎像个近视眼。举着菜单，眯着眼睛。在我们中间，蜡烛的微弱火焰跳跃着。

"五个词。"我说。

托比亚斯笑了，可他没看我。这个游戏我们已经玩了一阵了。那是一种亲密的简略表达。我们习惯玩这个游戏，如今游戏的意义已经变得更加丰富。像一支温度计——一种在任何特定时刻查看我们的关系状态的方式。

"食物。"他说。"红酒。"

"切。"

他的眼睛朝上忽闪了一下。"可爱。"他说。他反过来开始仔细看起我来。我感到自己的脸红了。

九

"轮到你了。"

他点点头。"这里。"

"以及。"

"以及,"他放下菜单,把两个胳膊肘搁到桌子上,"我想说点什么,可是你会怎么理解我没底。"他清了清喉咙。我意识到他有点紧张。他的表情跟我的感觉一致。

"我试试看。"

"爱情。"他说。说完他顿了一下,眼睛注视着我。他的脸上有种无比美妙的东西展露出来。就连他的容貌特征看起来也更开阔了,如同已经软化,发散开来。

"你当真吗?"

"玩五个词游戏不能撒谎。"他说道,脸上依然很柔和。"这是最重要的规则。"

我的大脑努力要控制住我的嘴巴。才只有几个星期。太快了。我却说:"我也是。"

"那是两个词。"托比亚斯说。他的两个眼角朝上皱起来。我发现他简直帅呆了。

"还没轮到我啊。"

我们面对面斜靠在桌上,那样子跟电影《小姐与流浪汉》里一样。

我在想的词并不是爱情。要是他当时问我,我会说出另一个词来。我会说幸运。我太幸运了。我很幸运,命运如此眷顾我。我!在宇宙间我会跟谁发生这样的故事呢?可是他就在这里,就坐在我面前，鲜活地证明我的人生异乎寻常。

"你表现得跟他在一起就像赢了大奖似的。"后来——很久以后——杰西卡曾对我说道，"男女关系可不是这个样子的。"

可是难道不是吗？难道爱情不就是感觉自己是地球上最幸运的女人吗？难道不就像是全世界都在为你一个人的幸福进行筹谋吗？

接下来的半年里我们都没说过"我爱你"，我甚至都没意识到这点。那个时候这句话已经无关紧要了。这个表达只在五个词游戏里管用。我们总是会提到"爱情"。总是这样。

有时我会开玩笑地不用这个词。我时常会说喜欢。我们会假装已经忘记了。但这个词始终都在那里。最后，也是最重要的一个词。

确切地说，那么，爱情是最后一件事。

那晚我们一起用餐。扇贝、蛤蜊柠檬油酱汁扁面、汉堡包。我们互相讲述自己的过去。比以前分享的都多。托比亚斯是在加州北部长大的。"我喜欢下雨。"他说，"我跟你说过吗？"

我们希望了解得很彻底。我们要确定什么都没落下。

那天吃晚饭时，我跟他讲了我父亲的事。关于他是怎么抛下我们的，怎么在不久以前去世的。我觉得很重要，所以告诉了他。他听着，不带一丝同情或者评判。托比亚斯总是非常善于倾听。要是我工作不顺心，或者没带伞淋了雨，他会像个诗歌教授那样耐心地听我说。起初我很喜欢这点——他太宽容了。可过了一段时间，我发现自己更希望他多说点什么。那就像他认为对于我们而言了解我就够了，但并非如此。我也想知道他内心怎么想。

晚上 9:23

"爱情。"我重复道。全桌人都沉默了。我们周围桌上的觥筹交错声也轻了下去。一对三十来岁的女同性恋坐在托比亚斯和我曾坐过的餐桌边,说了这同一个词。她们手拉着手。我在想,今晚,在这里,她们之间是否也会发生点新鲜的特别的事。喝香槟的那桌已经换上了咖啡和甜点。带着孩子的几个已经吃完走人。

"这是个很有挑战性的词。"罗伯特说。

杰西卡朝我侧过身子看着他。"不对。"她说,"这是世界上最容易的词。爱情并不难。"

我觉得很滑稽,她是怎么从我们二十岁刚出头时那个无可救药的浪漫主义者轻而易举地就变成了现在这个很现实的女人。

康拉德和奥黛丽互相看了一眼。他的头朝她斜了下,鼓励她代表他们两个说点什么。

"我前面说过,我从未发现爱情很容易。"奥黛丽说,"不过话又说回来,我认为爱情也不应该是容易的。"

此刻我想起曾经看过一部关于奥黛丽·赫本的纪录片。她是二战期间在德国长大的。她一直在躲避纳粹,她父母是犹太人同情者。由于贫困,她得了哮喘。我意识到我们吃饭过程中她时不时地会咳嗽。她以前经常咳嗽吗?

那部纪录片应该是 E! 频道上的一个特别节目,题目叫"奥黛丽:完美背后的痛苦"。它并不是一部很权威的传记片,不过花上两个小时看看还是很有意思的。片子里加进去了黑白的场景角色重演片段,可惜多数细节都是错误的。纪录片认为,她对自己获得的美国演艺界四种大奖表现得非常谦虚。事实上,她是在死后才获得艾美奖和格莱美奖的。片中也谈到了关于她得了饮食紊乱症的谣传,这更是错得离谱。她的身材纤巧是儿童时期营养不良造成的,而不是控制饮食所致。

"你是什么意思呢?"杰西卡问。

奥黛丽把双手十指交叉着放在下巴前。她柔美的五官像星星般闪耀着。我发现餐厅里的灯光模式已经变了——现在我们是在许许多多烛光里用餐。

"对我来说名声来得很容易。请注意,不是理解它,而是拥有它。"

"很重要的区分。"康拉德说。

"我想也是。我觉得也许在心里我相信自己只能拥有一样。那当然于事无补。"

"爱情还是成功?"托比亚斯问道。

"噢,我认为更像是爱情和奥黛丽·赫本。"她转动着中指上的一只金戒指。看上去不像是只婚戒,不过也可能是。她似乎是那种会把它拿开,或者藏起来,又或者把它换成别的什么的女人。

晚上 9:23

她把戒指当作某种提示物戴着，也许甚至都不是用来提醒起他的。"成功更多的是关于自己。"她说，"特别是你从事的是自己必须成为产品的面孔的职业。"她伸出一只手，放在自己脸旁，"这就是我。"

康拉德拍了拍她的肩膀。"说得真好。"他说。

她挥挥手要他拿开。"我努力过，可是从来都没搞清楚要怎样成为我的职业需要自己成为的那个人，而同时又怎样成为一个男人需要我成为的那个人。我很想要个家。对我来说那才是唯一真正重要的事——为了追求我觉得会让自己幸福的东西，我牺牲掉了很多幸福。"

"可是在最好的男女关系中，那才是意义所在。"杰西卡说，"人们不是做尝试，不是让彼此变得弱小。人们不应该被迫做选择。人们应互相支撑。"

一瞬间杰西卡听起来变得很年轻，甚至有点天真。我从她最后说话嗓音低下去就能看出来，她也听出来了。

"的确，杰西卡。"奥黛丽说，"不过随着时间的推移，有时候是很难维持那种关系的。也许那是我的过错。"

"当然那也于事无补。"康拉德安慰说。

奥黛丽看着桌子。我担心她在哭。光线很暗，我没法看清。"有很长时间我一直为内疚所困。我以为自己可以更努力，我可以做得更多。"她的眼睛看着我的眼睛。实际上，它们睁得大大的，含着泪水。"我不希望你有一样的感觉。我不希望你背上那个负担。"

我望着她，心被某样东西温柔地触动了。"我可以问你们点什么吗？"我说道，"你们大家。"

"没问题。"康拉德说。他的手还放在奥黛丽的肩膀上，此刻他从内袋里拿出一块手帕递给她。她拒绝了。

"我有没有……"我拿不准该怎么说，"你们做过选择吗？关于是否来这里？"

"哦，"奥黛丽和罗伯特异口同声说，"当然了。"

我看看托比亚斯。我知道自己会从他那里得到答案。

"两者都有点吧。"他说。这跟说没有是一个意思。

"我觉得对我们大家来说是不一样的。"奥黛丽说。

"嗯，我一直都在。"康拉德说，"最近我很少回东部了，也不大跟以前的学生见面，也很少跟奥黛丽·赫本碰头。"他朝她眨眨眼。

奥黛丽摆了摆手。"嘘，嘘。我想我们以前都没像今天这样过。"她看看罗伯特，眉毛耸着，有点粗鲁地示意他。说下去。

"不。"他说，"从来没有。"

我立马明白了他的含义。以前他从未参加过这样的活动，指的是自从他死后只跟我见过面。自从他出走后，他从未去看望过自己的妻子，或是黛西和亚历山德拉，或者看过那个新出生的婴儿。

我看着他笔直地坐在这儿，很紧张。我知道，等这一切都结束后，等他们离开回到各自来的地方，我就会表明这个聚会是我第一次开始谅解的时刻。第一次将一度艰难的窘境舍去。

晚上 9:23

有什么东西开始改变了。

"罗伯特,"我说。他飞快地抬起头来。"你把我带回家后发生了什么事?"

他的脸上露出了非常短暂的惊讶,如同摇曳的光芒,然后变为略显勉强的开心表情。看见这种表情是很奇怪的,特别是此时此地。我要他跟我讲述终结的开始,是怎么发生的,他什么时候染上酒瘾的,他是怎样出走的。然而他的脸上——他的眉毛往上拱着,拱着!他的两颊往下往后垂去。他的双唇微微张开。我还不如要他给我讲一个睡前故事。故事里有个小女孩,她有个混蛋父亲。故事结尾,最后的魔法时刻,他救赎了自己。此刻这样的故事并非不可能发生。似乎我以前甚至听过这个故事。

十

　　这是个严寒的冬天，也是托比亚斯和我确立关系后度过的第一个冬天。有记录以来最多的雪暴，气温酷寒，冻得人几乎没法出门，即便是到街角咖啡馆去喝杯咖啡也受不了。客观地说，那真是糟透了。可是每当想起那个冬天，我只记得那些美好的东西。寒冷成了我们俩待在一起不出门的理由。下大雪的那些天便成了我们赖在床上的好时光。我们差不多不跟别人见面，要是真跟别人见面的话，我眼里也几乎没有别人。

　　那个时候托比亚斯在一家叫作数字摄影的商业摄影公司上班。数字摄影公司给他提供了一份全职摄影的临时工作后，他就辞掉了红顶画廊的工作。此前他有好几个月徘徊街头找工作，到处发简历，最后总算找到了。

　　那是份商业图片摄影工作，不过公司答应他在项目之间会安排他去做"真正的"拍摄活——艰苦的创意工作。他激动万分。他终于获得了创作真正的作品的机会，还有人付他工资。但过了一段时间，公司的承诺成了一句空话。事实证明，那份工作差不多全是给大众市场拍摄产品——清洁用品广告、纸巾广告等。其

十

时他正在为瘦身茶拍广告图片。

不过这份临时的工作要求不是很高,刚开始时还是相当不错的——让我们有足够的时间待在一起。托比亚斯会在每周四过来,然后跟我一起过整个周末。杰西卡不在的时候(她经常不在),我们就叫来少不了的油腻的比萨和中餐外卖,在起居室里看电视剧《反恐24小时》。杰西卡大部分时间都住在苏米尔那里,不过要是她真跟我们一起消磨时间时就会很好玩。她和托比亚斯之间建立起了自己的关系,他们说话有自己特有的语言。他们会互相发送关于网球或者音乐方面文章的电子邮件,对这两样东西我不像他们那样感兴趣。但她通常都不在,通常只有我们两人。虽说有点尴尬,可我得承认对我来说这简直太棒了。我几乎都没去想着她。

特别是现在她走了,不是因为我要她走,而是她自己的选择,我非常非常想她。不是每天。不是经常。只有在我回到家而整个公寓暗乎乎的,或是电视上又在重播《老友记》,或是放新一季的《比弗利娇妻》,或者我在药箱里边找到一张干掉的面膜的时候,那种思念就像我被打了一记耳光那样刺痛。并不是因为她不在,虽说我感觉也是那样。更是因为我没法给她打电话,没法跟她说这些事情。当然我也可以,不过那样会更糟,因为我知道她不在乎。要是打电话,她的孩子会哭,苏米尔会叫,那是谁的电话?然后她会说,萨比,什么事?我不方便接电话。然后我从这样的对话里感受到的孤独足以让我重新躺回床上。她的生活是那么充实,我的却依然那样微不足道,全是那些依旧不伦不类的琐事。

那个冬天,我介绍托比亚斯认识了大卫和埃莉。我希望他成为我们圈子的一分子。

"我不明白他干吗要那么做。"有天晚上,我们六个人难得地聚了次餐,结束后杰西卡提到大卫时说道。托比亚斯、杰西卡、苏米尔和我一起从东村走回住处。托比亚斯和我把这次聚餐活动推了三次。他根本不想出去——我只要在这里跟你在一起。我不想争辩什么,可杰西卡最后还是坚持提起了这个话题。

"他应该跟一个真正爱他的人在一起。"

"也许他现在还不想。"托比亚斯说。外面很冷,我们呼出的气在面前形成了短暂而快速移动的雾。我的手指都冻僵了。我们吃饭把钱都用光了。不过我们离公寓也不远。

"每个人都希望那样。"杰西卡说。这话说得很轻蔑。托比亚斯耸耸肩不再接口,但是我看得出杰西卡的话让他有点不爽。

"上次那个家伙好像不错。"苏米尔随口说道。

"没有,他不行。"杰西卡说,"他跟其他人都一个德性。"

"也许他很开心。"托比亚斯说道。他了解杰西卡,知道她固执己见,喜欢按她自己的方式行事。他甚至为此跟她还开过玩笑。我有点吃惊他居然反驳她。

"他并不开心。"杰西卡有点生气地说。她也很不适应有人质疑她。她不喜欢这样。

"宝贝,你可不知道。"苏米尔说。我们互相看了一眼。两名维持和平的人士突然变了角色,成了我们不想要的角色。

大卫是杰西卡大学里的朋友。不过随着时间推移,我们搬到纽约,生活继续,我怀疑他逐渐变得更加喜欢我。有时候他给我

十

打电话安排没有她参与的活动。杰西卡会很紧张。我知道一点,她不断追求自我提升并不是每个人都喜欢的。她喜欢在灯光昏暗的酒吧后面进行深入充满知性的交谈,可其他人却根本就不想聊。她对爱情和人生有着全面的想法,那些日子里她依然在泛泛而谈。她还未结婚,还没生孩子,还没被卷进生活的种种杂务中。她喜欢谈天说地,这也许就是为什么在没有她的最初几年里我那么想她的原因——她留下了一个巨大而宁静的空间。

在华盛顿街和佩里街的拐角,有个人喊着托比亚斯的名字。我们转过身去。有个人朝我们慢跑过来。他可能快四十了,穿着西装。托比亚斯笑了。

"杰里米。"他说,"真没想到是你。"他们拥抱了一下,"你过得怎么样?"

"还行。工作很疯狂。艾琳娜还像个疯子似的到处旅行。"

杰里米朝我看看,托比亚斯搂住了我的腰。"这是我女朋友萨布丽娜。"他说。我喜欢听他说女朋友。我都想把它录下来循环播放。

我伸出手去。"很高兴认识你。"

"我们先走了。"杰西卡在边上说。我们抱了抱,然后我跟他们俩挥手告别。托比亚斯还在跟杰里米说话。

"你们两个是怎么认识的?"我转过身问他们。

"在加大洛杉矶分校时,杰里米是我的老板。我们给艾琳娜·沙尔干活。她拍了很多旅行主题的作品。我只是个实习生,不过这个家伙让我去拍作品。他甚至说服杂志社出钱让我飞去津巴布韦。"托比亚斯笑得很开心,"真不敢相信,伙计,你居然还在继续干。"

他容光焕发。我觉得自己的胃揪了一下。我从未见过他在谈起现在自己所做的任何事情时如此眉飞色舞。

"你怎么样?"杰里米问。

托比亚斯耸了耸肩。"工作,还不错。不是特别刺激,不过过得还行。"他把我拉近他,大拇指在我的腰上来回摩擦着。

"找个时间一起喝一杯。我的电话号码你还留着吧?"

托比亚斯点点头。"好的,我会给你打电话的。"

杰里米走了。托比亚斯和我手挽手又走起来。"我不知道你还到津巴布韦去拍过照。那可真酷。"这话听起来很蠢。我在试着钓什么东西,但不能确定是什么。

"哦,我没有拍照。不过还是很好玩的。"他顿了顿,"杰里米很牛。将来他会做成大事的。"

"你也会的。"我说。

托比亚斯把我转过来,吻了我。"我爱你。"他说,"很爱。要是没有你,我不知道该怎么办。你是我的一切,萨布丽娜。"

"我也是。"我说。没有更多的豪言壮语。我把自己的嘴唇用力印到他的嘴唇上,心里十分满足。

* * *

后来杰西卡结婚了。婚礼是在中央公园的船屋里举行的,很

十

美。但是天下着瓢泼大雨，大家没法在室外拍照片——看得出来杰西卡感到很难过。婚礼开始前她把画好的一半妆都哭没了。化妆师手里拿着块吸油纸不停地围着她跑来跑去，边喃喃自语："这是好兆头。"

大卫也来了，还带来了一名《名利场》杂志的作者，《29 岁精英》曾连续三年把他列在"热门单身男"榜单上。他不在受邀请者之列，故而婚礼协调员只好临时给他找位子。埃莉没带约会对象来，不过她已经在跟一个在犹太人约会网上认识的男子约会了。他是名药剂师。她跟他在一起了四年，然后跟他的朋友结了婚，这也是最没有丑闻的一次分手。那位前任甚至参加了她的婚礼。

杰西卡没有姐妹，只有几个年纪比她小得多的弟弟，我便成了她的伴娘。我们在中央公园南的埃塞克斯会所做好准备。我穿着杰西卡挑选的淡紫色真丝礼服，系着镶蕾丝边的腰带。她穿着一件腰间缀着一些亮片的象牙色塔夫绸婚纱。第一眼看见她打扮齐整站在那里时我就热泪盈眶。她那么漂亮。她戴着她母亲的细小蓝宝石耳坠，脚上穿着蓝色缎面鞋，在舞会中途她就把那双鞋踢掉了。

"你应该每个周末都结婚。"埃莉唱道。她跟着罗宾的歌曲旋转着，已经喝高了。那就是在二十刚出头或二十来岁时举行婚礼的问题——在开放式酒吧里，没有人会保持理智。

托比亚斯拉住埃莉然后把她转回地板上时，她离 DJ 只有几英寸远。歌曲又换成了辛纳屈的，我看着他们一起摇摆着。从她头顶卷发上，托比亚斯朝我微笑着，我的心被这个动作触动了——

这个爱着我的男人在照料我的朋友。

我提议大家干杯。高中时我上过演讲课，从那时起我就喜欢上了在公众面前讲话。大学时我很擅长做陈述介绍，开会时我可以很自在地向老板们推销图书。可是当我站在那里，朝下看着杰西卡时，我开始发抖。我想说的太多了。我没法全都说出来。

"你是个很好奇的人。"我曾经这样给她写道，"你会质疑每件事。可你从未问过苏米尔。"

那时我还说了些别的什么，关于大学一年级在宿舍里跟她认识，关于她回来告诉我她认识了一个人——苏米尔。我没有提她在卫生间镜子上贴的那些名言警句，尽管我在发言时引用了那些话。我不清楚为什么。

我们跟着摩城音乐跳舞。托比亚斯和我分吃了一块胡萝卜蛋糕（那是苏米尔最喜欢吃的），后来我们便去了预订好的位于西三十二街上的丽笙酒店的标间。我记不大清为什么一定要住在酒店里，而我们的公寓只有十个街区远，但确实住了。托比亚斯问我，我是否觉得从不问问题是件好事。

"你在讲话中提到的。"他说，"你觉得问问题不好吗？"

我没说好也没说不好。我写的时候曾考虑过自己对此是什么感觉。当遇上对的人，是不是"仅仅了解"什么就行了呢？还是说那跟性格有关？有些人还会时常问吗？

然后我开始想到一点：我对托比亚斯有问题要问。有无数问题。但是这些问题从未令我质疑自己对他有什么感觉。我知道他问过自己各种各样的问题。他是否会成为一名成功的摄影师呢？

十

我们会挣大钱吗?他是不是适合待在纽约呢?

就我们作为一对恋人而言,我不希望觉得那意味着某样很特殊的事情。我不想觉得他的问题会因为我是对的而结束。

"我不能确定。"我说,"我认为也许不同的人有不同的方式吧。"

"不同的人肯定是用不同的方式问问题的。"他说。他似乎有些恼火。以前我没有在他身上发现过这种情绪。我感到自己的心往下沉。对于生气我有个框架范围,但是恼火似乎像是朝向别的什么迈出的第一步——厌恶,也许是屏蔽。跟生气一起的还有热烈,情感。可伴随着恼火的只有距离。我希望我们紧密地在一起,互相封印在一起。我们的关系似乎有赖于此。

"你是不是想说什么?"我问道。我记得自己想过,要是我们争吵起来,我就把它归咎于喝了太多香槟。早晨醒来后,我会转过身,吻他的脖子,假装什么都没发生过。要是他问,你还在生气吗?我会继续吻他。生什么的气?我们谈论过什么吗?昨晚我实在喝得太多了。

"有人给了我一份在洛杉矶的工作。"

"什么?"

托比亚斯把我翻到他身上。"我爱你。"他说,"在我们讨论别的事情之前,这是第一位的。"

我头晕目眩。加利福尼亚?"是什么工作?"我问。

"沃尔夫要一名新的助理。"

我知道托比亚斯对安德鲁·沃尔夫有多崇拜。他是一名冉冉升起的未来的帕特里克·德马舍利耶(著名时尚摄影师),但作品更难看。他主要拍摄身穿透视薄纱上装和内衣的模特儿或是初露头角的明星。那是艺术。我看得出来。他的作品优雅——人体就是那样的美丽——简单、完美、性感。可是我也知道托比亚斯对女人的杀伤力。从我们在一起的第一个下午起我就已经看出来了。

我们在小餐馆吃饭时，女服务员会给他的酒杯酒倒得多一点。他经常被人故意触碰，被咖啡师，被不同年龄段的女人，被我所住街区里的男同性恋。人们被他吸引过去，仿佛他是凌晨四点时的二十四小时营业的小饭馆。好像他的头顶上亮着一个霓虹标识：营业中。

我明白托比亚斯开始慢慢地被禁锢在他的工作里了。他日复一日地给文德克斯清洁剂和各种吸尘器拍照。几个月里他参与的最有激情的拍摄是给糖拍照。我不希望他就做那个——我希望他去追求自己的梦想。我只是不希望他的梦想带着他离我而去。

"哇。"我只能这样说。那时我们已经在一起两年了。感觉上好像更久。

"杰里米介绍的？"我问。

他点点头。

我甚至不知道他已经跟他联系过了。

"我没法拒绝这份工作。"他说，"它太重要了，是个我要做自己想要的事的机会。"他摸了摸我的脸颊。他的指尖很冷。"你跟我一起去怎么样？"

我刚刚开始一份出版工作。我喜欢那份工作，我想在那里逐步发展。那跟在设计师那里的工作完全不同。实际上，我觉得自

十

己终于在做自己擅长的事情了。

"我不能。"我低声说。我想着自己的嘴是否张得太开了。我开始啜泣,怎么也停不下来。

"我们会想办法解决的。"他说。他额头朝下贴着我的额头。他也在哭。"我们必须解决。"

那天夜里我们互相纠缠着睡在一起。但是,第二天早上醒来时,一切都已经改变。接下来的十天里我们不停地争吵。争吵是这样开始的:他为什么没有更早一点跟我说?原来他两个星期前就知道有这份工作了。

"那时我不想毁了我们在一起的时间。"他说。

请想想当下此刻吧。

* * *

我意识到我们已经在往前跳跃了,不过那也许是最好的方式。一成不变的满足很少可以成为好故事。

刚开始的那两年里,我很幸福,而幸福则有种加速的趋势。伤痛会留下痕迹。快乐会忽略它们。岁月在眨眼之间就流逝。在记忆中,我的生活从来没有像这样幸福过。事情改变了。杰西卡和我搬了出去。托比亚斯和我搬了进来。她订了婚,然后结了婚。然后,他离去了。我们在一起了两年,从圣莫尼卡算起是六年。

那时我并不知道的是,我们只走了一半,还没完。

晚上 9:31

"最初的六个月最难了。"康拉德说,"我记得把女儿接回家后,我妻子几乎不让我碰她。她总是哭个不停。"他示意服务员给他倒酒。他的两颊红红的,笑的时候会把一只手放在胸口。

"一片忙乱。"奥黛丽补充说,"喂食物,整夜不能睡觉。"她同情地看着杰西卡。杰西卡点点头。

"我差不多已经过了那个阶段了。"我看得出,她还没有从先前的尴尬恢复过来。杰西卡相当容易退让,不过却不会低调很久。我知道她很快就会重整旗鼓。

"孩子多大了?"奥黛丽问。

"七个月。"杰西卡答道,"不过看上去像是两岁的样子。"她看着我要我证实。

"没错。"我说,"他长得很大!他的父母却都长得很瘦小。"

杰西卡大笑。"我不知道他是从哪里来的。有时我跟我丈夫开玩笑说,我曾跟一名橄榄球后卫有过婚外情。"

杰西卡第一次开始用我丈夫这个表述时,我感觉是那么疯狂。我们才刚刚二十五岁,自己还是孩子。我做过最大的事是买过一

晚上 9:31

个新的碧然德滤水壶而已。

"不过康拉德说得对。"杰西卡平静地说,"我现在勉强知道自己该怎么办。"

"我们那时很开心。"罗伯特说,又把我们拉回过去,"你是我们两个见过的最漂亮的婴儿。你母亲常说你看起来像个小洋娃娃。"

"她现在还那么叫我。"我说,"宝贝洋娃娃"。我总是认为那不过是个表示亲昵的叫法而已。

"椰菜娃娃。"杰西卡说道,"我能明白。"

"小脸满是雀斑。"托比亚斯说。

"你以前喜欢雀斑的。"我说道。我表现得很坦率。

他抬了抬眉毛看着我。"我说过雀斑不好吗?"

我们在调情吗?怎么老是很容易就回到这上面来?

习惯造就明天,造就昨天。

"你很漂亮。"罗伯特说。他清了清喉咙,喝了一大口水。"我在工作。我挣的钱够多,那样你母亲休完产假后就不用回去上班。当时日子过得不容易,但还行。"

康拉德理了理放在口袋里的笔记本。奥黛丽用鼓励的目光不停地看着罗伯特。我看得出,他要鼓足勇气才能继续讲下去。

"后来我们又怀上了另一个孩子。"

一桌人顿时默不作声。只有奥黛丽说道:"哦,天哪。"

"妈妈从来没说过那个。"我说,好像要证明他说得不对。另一个孩子?

"可想而知，她很激动。我们知道的时候她已经怀孕三个月了。我们并没尝试再要个孩子。你那时三岁，很难管。"

我看着罗伯特。他一下子显得更老了。仿佛他的年纪不是死去时的年纪，而是要是他活到现在时的年纪。

"五个月时做孕检时听不到胎心。那是个女孩。"他断断续续地说了这几句话，就像打水漂的石块直接打在了我胸口。不是因为那么久以前他们所失去的东西，而是因为我曾经错过的那段历史。那关键的一段被从书里撕掉了。

"于是你就开始喝酒来麻木自己的痛苦？"我问。即便不去考虑这件事，我们结果还是来到了这里。这一点未曾改变过。

"我们碰到了任何一对夫妻经历这样的事情时都会碰到的事。我那时已经上瘾了，我提过这点。这是种终生疾病。当时的情形加剧了我的酒瘾。"

"可以理解。"奥黛丽说。我感觉杰西卡在我边上怒视了她一眼，顿时心头对我最好的闺蜜涌起了一股爱意。

"我所后悔的是，我忽略了我所拥有的东西。我无视了你。我忙着在为一件事伤心，却忘掉了另一件事。"

我低头看了看我的盘子。盘子里的调味饭又冷又柴，如同小意大利的那些意大利餐馆外面摆着的供陈列的塑料样品。光是看着就让我反胃。

我感觉有只手搁在我肩上。我知道那是托比亚斯的手。我想知道那种感觉会不会消退掉。他碰我的那种感觉，就像现在这种。我的皮肤仿佛是某种记忆泡沫。

晚上 9:31

"她要我离开家,可是我总归会走的。"罗伯特说,"又过了一年,她几乎无法忍受跟我待在一个房间里。而我已经变成了一个魔鬼。"

"可是你获得帮助了。在你离开我们之后。"

罗伯特闭了下眼,又睁开。"不久以后,是的。我在一家汽车旅馆租了个小房间。前台的那个女人喜欢上了我,上帝保佑她。我入住三天后,她在壁橱里找到了我,当时我吸食了海洛因。她很神奇地把我送到了一家诊所。我只隐约记得这个。"

我的鼻窦开始抽动起来。我可以在自己眼睛后感觉到那种热热的戳感。时不时地会出现这样的情况。我的头会剧烈地疼起来,让我变得很虚弱。读大学时,我不得不连着好几天躺在一间昏暗的房间里,脸上敷着块冰冷的布。现在好多了,至少可以忍受。但是发作前从来不会有征兆,不知何时我就彻底中招了。但愿现在不会。

"头又痛了?"托比亚斯在旁边问我。他的声调低了下去。以前早上给我端来咖啡或者想做爱时他就是用的那种声调。甜蜜、慵懒,就仿佛在这世上我们拥有全部的时间。

我用大拇指压迫着眉毛,呼了口气缓解压力。"我要呼吸点新鲜空气。"我说道。要是不希望头疼加剧的话,我就得走动一下。

我推开椅子,站了起来。康拉德也站了起来。"我陪你一起去。"他说,"我们到外面去。"

我想独自待着,但拿不准好不好。何况,他说话的样子,像父亲,也像教授般充满权威,当然他确实是教授。我点头同意了。

我抓起自己的包随身带上。

"你确定可以……"罗伯特看起来很担心。他知道我们的事还没完。

"杰西卡去洗手间了。"康拉德说,"我们没事。"就这么定了。

康拉德帮我推开门,我们走到外面。空气清冷,我真希望自己把大衣穿出来了。天还没下雪,可是我有种会下雪的感觉。不是今夜,但很快。建筑物已经换上了节日的装饰品。整座城市进入一年一度从感恩节到元旦的那种欢快、友好的时段。纽约的十二月是最孤独的时节。

我把围巾绕在脖子上,手伸进包里到处摸着那包烟。我给了康拉德一根。直到托比亚斯离开后,我才开始独自抽烟,从此再没停过。

"真是见鬼。"他说,"这么做没什么用处。"

我们站在一起吞云吐雾,周围空气里充满了烟雾。

"你感觉怎么样?"康拉德问。

他交叉着双臂,斜着头看着我。他的嘴唇微微地向两边拉动着,我心里忽然思念起他的课来——他是我将近十年前找到的导师。

"你知道本来我请的是柏拉图。"我对他说。

他朝我抬了抬眉毛,意思让我说下去。

"在晚餐名单上。"我说着,吸了口烟。

他点点头,脸上露出明白的神态。"我很想看到这一幕。"

"我也是。"我说道。我大笑起来,烟飞快地从肺里吐了出来。

"那你为何把他换掉了?"他问。

晚上 9:31

"课程结束后,"我说,"我始终觉得你还有更多东西要教给我。"我还想多说点什么。想说他是名成熟的男人,一直支持我,而在此之前我从未有过那种念头,真的没有。我想说我想念他,不过我不希望说出来造成误会。

"那你现在觉得怎么样?"顿了一会儿他问,"我会不停地问你。"

"不是很好。"我说道。我不住用大拇指在太阳穴和鼻根处来回按着。我又吸了一口烟。然后停住。"我头疼。"我吐着烟说。

"是吗。"

"我有时会犯头疼。"我说。

"我记得有那么一次期中时,你出了同样的状况,只好躺在病床上。"

"你还记得那个?有好几百个学生呢。"

"我记得。"他笑着说道。

"我那时撒谎了。"我说,"你的课我落下太多了。你的讲座我一半没去听。"

康拉德笑起来。"那我可不可以问问,我在这里干吗?"

烟在夜空中飘舞着。"那跟你的课没关系,"我说,"我爱过你。"

我朝他看过去。他点了点头。他知道这件事。在那一瞬间,康拉德似乎明晓一切,到现在所发生的,这一切会如何收场。于是我问他。

"今晚还会发生什么呢?"

他弹了弹烟灰。我看着烟灰掉下去。"我觉得你会记住一些事情的。"

"比如像我爱我的父亲?"

"也许。"他吸了口烟,"那可能会管用。"

"那也许会伤人。"我说,"不管怎么样,他已经死了。"

康拉德大笑起来。又是开怀大笑。"然后呢?"

我朝餐馆里看进去。杰西卡靠在餐桌上,给奥黛丽看她的婚戒。罗伯特在跟托比亚斯说着什么。

"然后。"

如果用一个词来描述我们的关系,那就是这个词。从无终结。从来不单单是这个。总是"然后"会怎么样呢?"然后"接下来。"然后"之后。总是有一连串的"然后"。

"我不知道。"我继续道。

"嗯,那不是真的。"

托比亚斯朝罗伯特侧过身。他从口袋里拉出某样东西。一块表。我朝玻璃窗走近一步。罗伯特接过去拿在手里。那是块金色怀表,是我送给托比亚斯二十九岁的生日礼物。那是我父亲的。那是我唯一拥有的一件他的东西,他曾经用过的东西,我把他送给了托比亚斯。它一半是指南针,一半是表。我记得对他说过:这样我们始终可以找到回去的路了。

今晚他把它带来了。

"我们还没完。"我说。

康拉德又吸了口烟,然后把烟蒂扔到人行道上。他拉开了门。才九点三十分。我们的菜还在桌上。不过那并非我所指。

我们还没完。我们在这里寻找回去的路。

十一

十天后托比亚斯走了。他搬了出去，用现金付了预付款买了辆破旧的丰田普锐斯，装上我帮着一起打包的三个箱子，开车去了加利福尼亚。我甚至给箱子贴了标签：衣服、杂物、艺术。他吻了我，说他到了第一个停车地会给我打电话。我告诉他用不着。上个星期我们为此事反复折腾。他希望还在一起，我想要分手。倒不是说我不想跟他在一起。我身体的每个细胞都想义无反顾地跟他的细胞依附在一起。而是因为，我无法忍受在等待着我的那种心碎。我父亲离家后，我母亲换掉了所有的锁，就这样一了百了。我知道自己未曾从那种特别的程式中逃离掉。我不知道该如何用不同的方式去面对。我得斩断那根绳索。

"下个月你来看我。然后，再下个月我飞回来。我们交替着来去。"

我反复地想象着最糟糕的情形。我打电话，但托比亚斯就是不接，然后我会看到在海滩上他跟某个穿着比基尼的妖精在一起。我觉得他不会欺骗我，但也不想去发现什么。要是我现在就结束我们的关系，他在加州就可以为所欲为了，也许我就可以少些痛苦。我是这样对他说的:"异地恋不会有结果的。要是真是命中注定,那是以后的事。"

"你怎么不相信呢。"他说,"你为什么要这么对待我们?"

他是对的,我不相信。正如杰西卡会说的,她会用蒸汽写在浴室镜子上。我更赞成去珍惜第一个。不管怎么说,他是第一个。他要走了。我很恨他试图让我对两人的关系负责。

"我信。"我说。

他摇摇头。"跟我走吧。"他还没死心。那是他每天所做的回应。跟我一起走吧。我们一起努力。你在那里也会找到很棒的工作。

"打住。"我说,"我不能去。你知道的。我也有份职业,记得吗?在纽约出版才有前途。"

"我当然记得。"他把手伸到头发里。头发有点长。他满头的卷发。"可是我希望你跟我去。我想跟你在一起。我想睡在你身边,早上给你煮咖啡,留在你的生活里。这是我们生活的一个章节。下次,我们可以到你需要我们去的地方去。"

"我需要我们在这里。"我说。

杰西卡觉得我疯了。"你爱他。"她说。她有点控制不住自己。直到我送他下楼的那一刻,她还在试图说服我改变主意。我们站在我的房间里,周围乱哄哄地都是我的东西——为了给他的东西打包而扔得到处都是。"你会后悔的。我知道你会的。要待在一起。"

"我做不到。"我说,"离开太远,没用的。"我真正的意思是:

十一

我不要被抛弃。我不要再被抛弃。

"你不知道那是怎么样的!"她用力把一个枕头摔到我床上。"你找到了他。你的他。萨布丽娜,我很认真。不要放弃。"

但我放弃了。我没有跟他走,也从未要他留下来。我站在他的汽车旁,夏日阳光映照着我流满泪水的脸,我内心想说的话穿透身体,我确定他能够从我的皮肤上读出来。那就是"求你别走"。而他则认为我是说:"赶紧走吧,赶紧。别再问我。"我的真实想法是:"留下来。"

他抱着我。我们在彼此的肩头上哭泣着。我不知道该怎么说再见,因此我没说。

我回到屋里,拉上窗帘,躺在卧室的地上。

"我不知道该怎么在这里面对这一切。"杰西卡说。她也在哭。

"那就别说了。"

她走了。她要去度蜜月。接下来的那个星期,我隔一段时间就会收到她的短信。凉台小屋之蜜!图中是苏米尔懒洋洋坐在海边的椅子里。蜜之露。图中是一只装满了瓜果和鸡蛋花的盘子。我明白那是她试图重建我们之间的常态关系,从她的结婚与我的分离带来的后果之间做个缓冲。我用这样一些词语回复她:不错。哦。爱你。我们都在伪装。

此后最初几个星期里,我的同事肯德拉是我唯一能吐露心事的人。我们俩都是编辑助理,刚开始受聘不到一个月。我们在一家叫作蓝色火焰的出版社工作,这家出版社主要出版童书。肯德拉一直以来都痴迷于青少年作品,这是她梦想的职业。我迫切想要转到非小说领域,不过大家都跟我说,一旦一只脚跨进这个行业后,在内部转会更容易。我们每天的工作就是安排各种会议,阅读我们的老板从文学经纪人那里收到的成堆的投稿。肯德拉总是充满好奇,睁大双眼,准备着发现下一部《哈利·波特》式的作品。我们午饭时间都是在会议室里度过的,边吃百吉饼边翻阅着原稿,努力去挖掘未来发展的踏脚石。我本来是很喜欢这份工作的,可我的心已经完全破碎了。

"你需要外出散散心。"肯德拉对我说,"要知道,忘记某人的最好办法就是喜欢上别的人。"

"要是你喜欢在上面呢?"我问她。

肯德拉的眼睛睁得大大的。"一个玩笑!她活过来了!"肯德拉摸着自己的肚子。她的肚子圆滚滚的,就跟她人的其他部分一样。她留着一头笔直的黑发,两只眼睛是除托比亚斯之外我见到过的最绿的。她戴着黑框眼镜,穿着男式系扣领衬衫。她上班时会带她妈妈成打成打给她寄来的三角巧克力。我总是因为糖吃多了而兴奋。

"我没法出去散心。"我说道,"我们分手才刚两个星期。"他到加利福尼亚之后我就再没收到他的消息。不过那正是我要他那么做的,他尊重了我的要求。没有了他的生活感觉分分钟有把剑刺在胸口上。还会出现些细小物品,诸如我在食篮里找到他忘记的袜子,或者是我们在一家庭院旧货市场上买下的漂亮彩罐,我们整个冬天都用这个罐子煮辣椒。整个房子让我想念他。整座城市也让我想念他。

十一

"我大学的一个朋友要办个聚会。"肯德拉说,"在哈莱姆区。晚上八点。下班后我们可以先买块人造黄油,然后过去。就待上二十分钟。"她站起来往后退了几步,仔细看着我。"就这样。你知道,要是你自杀了,我也可以说我努力过了。"

我们去了。聚会很小,就十个人,围坐在一张双人沙发和豆袋椅上。我们喝着热伏特加,吃着玉米片。我在那儿待了三个小时。参加聚会的有个叫保罗的家伙,他在我们楼上隔开两层的兰登书屋的设计部工作。他个子不高,动不动就哈哈大笑。那天夜里聚会接近尾声时,我让他吻了我。接下来,我让他跟我约会了差不多两年。

晚上 9:42

我和康拉德回到餐厅里，晚餐正进行得如火如荼。罗伯特别的什么都没说，我们还没结束。不过康拉德回来后变得有点喧闹——很明显是呼吸够了夜里空气的关系。

"亲爱的，再来点红酒？"他问奥黛丽。

她点点头，两颊已泛桃红。他倒酒时，她双眼注视着他。我觉得也许奥黛丽·赫本有点迷恋上康拉德教授了。今晚比这更疯狂的事都已发生过。

我高度敏感地感知着左侧的托比亚斯。我需要弄清楚到底出了什么问题，要理清楚头绪，那样我们才可以重新回归彼此身边。我迫使自己去让他知道，让他跟我一起明白这点，可是我不能确定时机是否已到。我朝他看过去。他在切扇贝，头低着，我知道那是他在很认真思考事情时的样子。托比亚斯很不善于一心多用。

"嘿！"我用他能听得见的声音说道。

他抬头看着我，似乎见到我在那里很吃惊。"嘿，你好吗？"

我们都笑了起来。那样问候真是疯了。

"真是很奇怪。"我说。

晚上 9:42

"是吗?"他反问。

"当然很奇怪。我们跟奥黛丽·赫本同桌吃饭。"

"噢。"他又回去吃东西。

我压低了嗓音。"什么?"

"没事。"他说,"我以为你是指我们两个。"

我吞了口口水。"那也很奇怪。"我说。

他朝我微笑着。以前,那种微笑曾经可以让我停下一切。以前那微笑可以让我在任何一次吵架时失去理智跟他脱衣上床。我觉得也许他也明白。也许他也认为我们在此就是要重归于好。

"这儿的菜真是很不错。"康拉德有点儿过于大声地说道,"真是很棒。有人吃过意大利面吗?"

杰西卡挥了挥手。她正用调羹卷着干面条。"真好吃。"她嘴里塞得满满地说。

"我们以前也应该这样聚聚。"奥黛丽说道。一桌人都大笑起来。我环视大家,第一次觉得这个想法也许的确不错。也许今晚在这里某件重要的事情就能够并且也将会发生。

"说得太对了,太对了。"康拉德说,"奥黛丽,给我们点乐子吧。毕竟现在是用餐时间啊。"

"什么乐子?"

"你知道的,你小时候,你母亲经常唱《月亮河》给你听?"罗伯特说道,好像他现在刚刚记起来似的。他声音中的迫切显露出他很激动。

"是吗?"奥黛丽说。

"我喜欢那首歌。"杰西卡说,"婚礼上我们跟着它跳过舞。"

我记得那时杰西卡和苏米尔是跟着仙妮亚·唐恩的乡村歌曲摇来摆去的,不过此刻我不会去提这事。我知道她没有撒谎,不是故意撒谎。就她整个人而言,杰西卡的记性并不那么好。

"那是我们最喜欢的歌。"托比亚斯说。桌子底下,我感觉到他伸出手来抓住了我的手,捏了一下,然后又松开了。不过我们还是互相接触了。我感觉全身像是成了枚烟火。

"给我们唱吧。"康拉德说。

奥黛丽脸红了。"噢,不,不,我不行。旁边有人的。"

"废话。"康拉德说道,"他们才不介意呢。"

他站起身,拍了拍手。整个餐厅静了下来。服务员停下上菜动作。客人们不再说话。大家正喝到一半的红酒杯也悬在手里。

"我亲爱的朋友奥黛丽准备在这里唱个小曲,请问会打扰大家吗?"

仿佛接到了信号一般,每个人又重新动了起来。我们四周的各种声音又冲刷过来,人们又回去用餐。

"看到了没?"他说道,"根本没关系。"

奥黛丽顿了顿。我看得出她在考虑要不要唱。我希望她说好的。我想听她唱歌。某种程度上,那感觉很重要。她的在场并非一种轻率,也有别的意义。对我来说,奥黛丽代表了一段更为美好的时光。我父母团聚在一起,托比亚斯和我——幸福相爱着。

"我会出洋相的。"她说,"我已经很久没唱歌了。"

"就开口唱吧。"康拉德说。他捏了捏她的肩膀,给她打气。

晚上 9:42

  然后她开始唱起来。她的声音如天使般轻盈,耳语一样很低,但是它比电影里,或是比我手机 iTunes 中的录音里的声音更丰富、更真实。我有种感觉,我们周围的人甚至都听不见她在唱。就好像她一开始唱,我们便身处在孤悬海中的岛上。

  "月亮河,宽逾一英里……"随着她的歌声,我被运送到了许多年之前的一段岁月里——在认识托比亚斯或者杰西卡或者康拉德教授更早之前。那时只有我和罗伯特及奥黛丽。她的声音就是自身的记忆。她唱完时,满桌人都静悄悄的,如同一片细腻的云,用蜘蛛丝或金丝编织成的云,悬挂在我们餐桌上方。甚至连康拉德似乎都找不到言辞表达。还是罗伯特第一个开了口。

  "唱得太精彩了。"他说,"谢谢你。"

  她把手伸过桌子,抓住他的手。有生以来第一次,我看见我父亲哭了。我们,我们每个人,在奥黛丽的歌声中都被撕裂开了。我们还不知道那些裂缝中会流入什么。

十二

跟保罗的关系还行。甚至可以说不错。我清楚他比我更投入,不过他从未真正表现出来。我们每周工作日见两次面,周末碰一次头。我们在接下来的每周都跟着这个节奏——从不多一次,很少减少次数。我见过他父母,只是因为他们正好来纽约,而他则有几张大都会队比赛的票。他不会做饭,我也不会,故而我们都是叫外卖。我们喜欢同样的电视节目,星期天喜欢睡懒觉。七个月后,在一家我们经常光顾的卡迈思意大利餐厅,他对我说他爱我。我跟他说我也爱他。

我偶尔会收到托比亚斯的消息。他会给我发邮件,附上我可能喜欢的文章的链接——从来不给我说他的工作。我会回上一两行字。"谢谢"或"我喜欢这篇"或者"祝你一切顺利"之类。我们不问问题。

差不多一年前我跟马蒂一起吃晚饭。他给我发短信,问我想不想聚一下。托比亚斯离开后我只见过他一两次,我也很想他——他也曾经是我的朋友。

我们在那家以前常去的印度小餐馆碰头,就在他们公寓附近。

十二

自然托比亚斯不再住那儿了,马蒂也搬走了,不过我们还是在那里见了面。算是对我们的过去的朝圣吧。他走进餐馆,手里拿着一本《滚石》杂志。

我们点了咖喱鸡、黄扁豆和藏红花米饭。开始吃了几口后,我就问起托比亚斯的情况。

"他干得很不错。"他说。他静静地说着,似乎不想让我受惊,同时还估摸着我听了会怎么反应。"我觉得他的工作真心很好。"

他没有提到任何女人,我很感谢他。我吃不准自己能不能面对这个话题。

"我知道,要是我告诉你这个他会杀了我。"马蒂继续说道,"不过我想让你看看。"

他把那本《滚石》递给我。在我们吃饭时那本杂志一直放在餐桌上,如同壁炉架上的一把枪。封面上是奥巴马总统。我打开杂志,翻到有个折角的那页,上面是封面专题。

"真难以相信。"我说道。

"是沃尔夫的功劳。"马蒂说,"不过照片都是托比亚斯拍的。"

我的内心充满了骄傲,然后又因为难过而抽紧了,因为他没告诉过我这事。这是他在这个世界上最想要的东西,可我却不能与他一起分享。我脑子里闪过一个念头:即便我们不在一起,我们也可以拥有我们所期望的。

马蒂感觉到了我的情绪。"保罗好吗?"他问。我记起来,几个月前在我的生日聚会上他见过保罗,并且挺喜欢他。

我清了清嗓子。"挺好。"我说。那是真的。"下星期我们要去波特兰。"

我们要去那儿待上一整个周末，去探索那座城市，还要远足。我们早就预订好了用餐的饭店。

"很好。"他说，"我很喜欢那里。"

"我从没去过，不过保罗说我也会喜欢那里的。"

我低头看着面前的菜。马蒂把手伸过桌子，拍了拍我的手臂。

"嘿！"他说，"要知道，我曾经以为你们两个是天造地设的一对，可也许现在这样是最好的，你懂的。"他咽了口食物，"他现在过得很好，我觉得你也过得很好。"

我想着自己的工作，我跟保罗的关系。"是的。"我说。我碰了碰桌上的杂志。"这真令人惊讶。奥巴马。哇。"

马蒂咧嘴笑了。他看起来非常骄傲。"非常酷。下星期他要去给哈里森·福特拍照。"

跟马蒂一起吃晚饭之后，我就越来越少想起托比亚斯了。知道了他干得很好，他搬到加州并非一事无成，知道我们经历这一切都是有理由的，这对我很管用。我喜欢保罗，也许我甚至爱上了他。我很开心。我刚刚开始相信，也许托比亚斯回来的话，此前的事都是出于最佳考虑。那天是圣诞节。他突然出现在我的公寓时，离他去洛杉矶已经二十三个月零六天了。

我把另一个房间租给了一个叫卢比亚的女孩子，她在哥伦比亚大学攻读物理学博士学位，一直见不到她的人影。这种出租很轻松，我也喜欢这位偶尔才来的房客。

我不清楚他为什么会指望在那里找到我，可他确实找到了。

十二

我还没带保罗回过家。我母亲和继父决定要去坐邮轮度假,她叫我一起去,但我晕船。有偏头痛的人永远不应该去乘船。因此我决定独自一个人过节。

我烤了通心粉和奶酪,做了些饼干。我刚安顿下来,准备看卢比亚录下来的历史频道上关于玛雅历终结的专题片。那是2014年。有人声称世界末日并未在2012年如期到来,但是还在来的路上。

他按了楼下的呼唤按钮。我听到了他的声音。"嘿。"他说,"我是托比亚斯。我可以上来吗?"就那个样子。嘿。我是托比亚斯。我可以上来吗?好像这个世界还没有毁灭。好像一切还没有结束一样。

我在走道里等他。我的心怦怦直跳,我的眼睛都看不见别的了。他一次爬两级台阶。他总是那样。他背着一个包出现在我面前。"我刚下飞机。"他说。

这个过程本应该更长些。本应该有些解释。日期,时间,计划。过去二十三个月里我们几乎没说过什么话,过去七个月里则一次都没联系过。可是我只是问了一句话:"你怎么知道我在家里?"

"我猜了一下。"他说。

他用两手捧住我的脸。我甚至都没想过要揍他。"圣诞快乐!"他说。

"你干吗来这里?"我说。

"因为你在这里。"他对我说。

"你拍了奥巴马。"我说。

他抬了抬眉毛看着我。他在微笑。"我觉得奥巴马现在很好,在白宫里。"他说。

我摇了摇头。"我觉得你干得很棒。"

"是的。"他说道,"可是没有你那还不够。"

我只知道自己很想他。看见他站在那里,站在过去两年里保罗站过许许多多次的地方——来,去,从未犹豫过——那是我始终在想念的一切。就仿佛那过去两年里我的生活是一部黑白的默片,而此刻,他冲了进来,带着声音和色彩——让一切都活了过来。他是我重新回归的命运。

我吻了他,因为想知道那真的是他,想知道他不是某个幽灵。有时候,我曾经幻想过跟这个一模一样的重逢。

"通心粉。"他说。他的嘴还贴在我的嘴上。

我很讨厌他如此自信。但是感觉那是对我、对我们的信心。我接纳他回来并非仅仅是因为他的信心,那也是我的信心,他是为我回来的。

"你要住下来吗?"我问。

"要是你肯接纳我的话。"他说。

我只需要这句话。听起来很可笑。单列开来的话,这句话可能是书中引用的最糟的陈词滥调。但就是这样了。

他将包扔在入口。他把我紧紧地拉向他。我们开始靠着柜门做爱。我把双手朝上伸进他的头发里,脏兮兮的头发。我感觉着他的手在我背上往下移。我跟保罗做爱有差不多两年了,可每一

十二

次，我都不能感受到此刻浑身穿着衣服跟托比亚斯在做的感觉。

他把我转过来朝向起居室，然后举起我，把我抱进我的卧室。他对公寓很熟悉。那曾经一度是我们的公寓。也许，现在早就又是我们的了。

他把我放在床上，给我解衣服。我对他充满饥渴，急不可耐——我贪婪地立刻想要他——但他不急不躁。他脱下衬衫，然后来到我上面。他比几年前更黑了，也更重了——更紧实的感觉。我往上看着他。

"我一直在等你。"我说。一说出口我就明白那是实话——我一直在等。保罗，公寓，过去的两年——这些都是虚幻的。这些都不像等待那样真实。这一切感觉都像是慢慢行进着的艰难时光。可是我一直都错了。我一直在跟一股巨浪搏斗，一直以来，这股巨浪都试图将我拖进大海里去。最后，我放弃了。

他吻着我，我伸出手，抓住他的肩膀。他的嘴唇移下去亲着我的脖子，我在他身下扭动着，他的一只手滑下去，放在我的两腿之间。

他的手指触摸着我，我拉起我们之间还有的衣物。已经过去太久了。

"好了。"我说。

他用力进入我，我们同时急剧地呼着气。他在我体内停下来，不动了。

"我很想你。"他说。

"我想念这样。"

我们开始一起动起来。我们身体的节奏，他很清楚怎样爱抚我，我的肢体语言是什么意思。我感到失重般的陶醉，如同我会在跟他强烈的亲近中自燃。

"萨布丽娜。"他温柔地低语道。我所能想到的便是我的名字，我的名字，我的名字——一遍又一遍。我被发现了。

后来，我们躺在床上，互相抱着，我跟托比亚斯讲了保罗的事。他专心地听着，我滔滔不绝地讲着。那个聚会，过去的将近两年时间。他没有嫉妒，他是托比亚斯——体贴，诚实，真诚。

"你准备结束你们的关系吗？"他问我。

"是的。"我说。我又吻了他。

接下来那个星期，我跟保罗分了手。他回到纽约后，我问他可否一起喝咖啡。我们去了五十七街上的那家令人不爽的星巴克，里面到处是小孩子，吵闹不停。我先到了那里。我想挑张桌子。

我给他要了杯全脂牛奶密斯朵咖啡，自己则要了小杯的黑咖啡。我想他早就知道了。通常他都是微笑着跟我打招呼的。对保罗来说，生活就是首合唱歌曲。熟悉而充满旋律。从来没有什么核心时刻。也没有带来启悟的危机。

可是他明白咖啡意味着什么。

"出了什么事？"他坐下来，谢过我给他点了咖啡，然后问道。保罗很有礼貌。

我考虑过告诉他我觉得我们不合适。我跟他不协调。当然，这些都是事实。但这些还不是答案所在。

"他回来了。"我说。

十二

保罗知道很多关于托比亚斯的事。刚开始时,他会发现我哭。有时候是在做完爱后。那让我们两个都感到很难受。

"我懂了。"然后他又说了很多话。诸如托比亚斯还会离开的,托比亚斯配不上我。不过他的论点都不是试图说服我别跟他分手。给人的感觉是他不是在为我们俩努力。他早就明白没什么值得争取的。

我不怪他。他只知道有关托比亚斯最坏的一面,一半的实情,有些甚至是某个心碎的人在心里编造出来的彻头彻尾的谎言。那个有血有肉的男人跟保罗脑海里破碎的形象毫不相干。我没法拿他心中那个扭曲的形象去反驳他。当然,有许多也是事实。

我离开星巴克,给托比亚斯打了个电话。他来到住宅区接我。他见到我站在门口,伸出双臂抱住了我。"对不起。"他说。就这些。我让那句"对不起"扩展出去。我让它覆盖掉了过去的整整两年。

我们回到家里,点了印度薄饼,坐在地板上吃。我们二十七岁。这个年纪感觉离三十岁很近了。然而此时此刻,这个年纪似乎离二十岁要近得多。

我们还有二十四个月的时间。时钟在向前走。但是我没有意识到。那时,在深冬,跟他在一起时,感觉如同永远刚刚开始。

晚上 9:48

此刻时间正在扮演着那个奇怪的角色。我们快要吃完晚餐了，都在分享着菜肴。杰西卡递给奥黛丽一点意大利面，奥黛丽则给了她一只扇贝。红酒已经让大家放松而亲昵起来，但自打我们坐下来，这是我第一次感觉到今晚的迫切性。在钟敲响之前，几点来着，半夜？我必须要解决和矫正我需要做的事。不管那要到什么时候，我们都会从桌边站起来，然后各回各家。

"你还戴着那块怀表？"我对托比亚斯说道，与此同时杰西卡问："我来这里是为什么？"

我被这个问题弄了个措手不及，赶紧把目光从托比亚斯身上移开。"你指什么？"

杰西卡撕下一块面包，在调味汁里蘸了蘸。"我知道晚餐名单。你写名单时我就在边上。我当时不在名单里。我是说，我住的地方也就开车四十五分钟远。你任何时候都可以跟我见面。"

差不多两年前，我划掉了祖母的名字，把杰西卡写了上去。那是出于生气而写上去的。我依然保留着那些便利贴——破烂的，边沿都卷了起来。它们提醒我杰西卡曾经在那里，她曾经用那些

晚上 9:48

混凝纸及她一起塞满了我们的起居室。

杰西卡不习惯喝这么多酒,我看得出她那是酒后吐真言的迹象。她的脸颊红扑扑的,眼神微微有些迷离。

"因为我本可以去见你,可我从来没去。"

杰西卡放下叉子。"那不公平。"

杰西卡和我没有吵过架——我依旧将她当作我最好的朋友。我们之间没有大吵过,没有特别的不和谐。但是有时候我感觉我们之间像是发生过某件不可挽回的事情,而我实际上没法确切说出事情是什么时候变得更糟糕的。要是吵过架,我们可以修补、道歉、和好如初。然而你没法为那种温水煮青蛙的变化说对不起。

"可那是事实。"我说,"你总是那么忙。上次你来城里还是什么时候?"

"我有孩子要照看。"她说。

"你在生道格拉斯很早之前就忙个不停了。"

杰西卡拥有那种"眼不见心不烦"的心态。在我们建立的友谊中,曾经有不少次,总是在我提示后,她向我解释说那并不是她对我的爱减少了。"我忘了。"她对我说,"可是那并不表示我不需要你或者不在意你了。"

我们几乎不再有那种真正的友谊了。我想上次见到她还是三个月前,在道格拉斯的受洗仪式上。她孩子都七个月大了,而我只见过她两次。

"自打你从我们公寓搬出去,"我说,"你就好像消失到大气里去了。你从不给我打电话。你说我是你最好的朋友,可那是用什么标准衡量的呢？"

"你当时在那里吗？"她转过来面对着我，整个人。有那么一会儿，我看见了以前认识的那个二十二岁的女人。她热情活泼。她会用唇膏在厨房地砖上写"你就是今天"。"你一门心思跟托比亚斯在一起。我搬了出去，可你还是继续那个样子。我在准备婚礼时你几乎都没来关心过。可我没怪你。我希望你幸福。我依然如此。"

"可是我不幸福。"我说，"我一直都不开心。"

桌子对面，我看到奥黛丽朝前俯着身子，但康拉德轻轻地把她推了回去。

"你还在想我可以帮你修复过来。"杰西卡静静地说道。

"我认为你没法修复。"我的嘴唇开始抖动。我知道她清楚我快要哭了。她知道我的一切玄机，正如我也知道她的。"我只是希望你还想争取下。"

话说出来了，说到了点上。那是最让人受伤的事。不是行动，当然不是。不是那些错过的聚餐或者电话。不是那些改了又改的计划。而是那种痛苦，深深的痛苦，她不再希望一切都跟以前有所不同带来的痛苦。她沉浸在自己的生活里，她从没考虑过我的生活是怎样的。

"再来点红酒？"奥黛丽主动问道。我看到她站在我身边，手里拿着酒瓶。她一定是设法飞快地脱离了康拉德的阻拦。她把一只手放在我头顶上。这个动作充满了母爱，有那么一会儿，我几乎都承受不住了。奥黛丽其实并不比我大多少，不管我们到底在这里还是哪里，可是她好像把自己全部的生命都压缩进了这个身躯里。她既是六十岁也是二十三岁也同时是十七岁。

晚上 9:48

她给我的酒杯倒酒。她也给杰西卡和托比亚斯倒酒。

"对不起。"托比亚斯慢吞吞地说。

"这不关你的事。"我说道。

"你修复不了的。"杰西卡对托比亚斯说,"我做不到,你也不行。你干吗在这里?你今晚为什么要来?我喜欢你,托比亚斯,可是你把事情弄得更糟了,你意识到了,对吧?"

"我在努力。"托比亚斯说。我感到心里有什么振奋起来。他知道今晚这里得要发生什么。他也想找到回归的方式。想改正以前的错,从头再开始。

"不。"杰西卡说,"你没有。你人在这里,在谈论各种事情,在想起很多事情,然后,你认为接下来会发生什么?"

"那为什么一定得是件坏事呢?"我问她,"我们为什么不能回去,然后修复出了错的问题呢?难道那不正是为什么我们来到了这里吗?"

"你什么也不明白。"杰西卡说,"我,是我,早已经给你解释了太多次了。"

"解释什么?"我问,"解释我们没有达到你对两个人关系的标准?解释要是我跟他重归于好,这次你就再也不管不顾了?"

"不是。"杰西卡说。她往自己的酒杯里看了看,仿佛她或许可以从那里找到答案。

"别说了。"托比亚斯说,"杰西卡。"他的声音带着一丝警告。一下子听起来完全像是个陌生人。

"对不起。"杰西卡说。她看着我,眼睛睁得大大的,满是泪水。"托比亚斯死了。"

133

十三

有五个月时间，卢比亚、托比亚斯和我住在一起。卢比亚跟托比亚斯很处得来。她难得来公寓，不过但凡她来时，我回家都会发现他们在喝啤酒或下棋。几年前马蒂就教会托比亚斯玩《风险：统治世界》，有时候他们两个还会到西村的非凡者咖啡馆碰头一起玩。

卢比亚对托比亚斯的那种喜欢很让人舒服，也有分寸，令我对杰西卡的念想也淡了些。她很高兴托比亚斯回来了——我知道她此前曾希望我们一开始就能重归于好——不过她如今已经结了婚，随着时光流逝，我觉得她对于那些不同于自己的选择越来越吹毛求疵。她以前成长得很快，比托比亚斯和我成长得快，当然也比我所认识的人和朋友都快。如今她只顾着家，对于那些二十多岁人实际的生活——我经常觉得自己就像是坐在过山车上——她似乎已经完全忽略并跳过去了。就这样，我们和卢比亚一起过着日子，并且过得挺不错。但是我们升级版的《三人行》（要是可以这么叫的话）很快便终结了。2015年夏天，卢比亚在哥伦比亚大学获得了一个职位，我和托比亚斯也决定搬家。

十三

一来纽约我就住在位于第十大道上的那间公寓，差不多住了五年，我对这间房子是爱恨交加。我爱在那里发生的那么多事。杰西卡和我一人只带着一只行李箱就搬了进去，还有就是从学校里直接寄过来的一箱书。我还记得我们第一次去宜家买家具，还说服公寓管理员借了辆车给我们，因为我们都还未满二十五岁。杰西卡坐在宜家的推车里，我推着她走在货物架过道里，两人为到底买一只沙发还是两把会客椅争论个不停（最后我们决定买一只双人沙发和一把椅子）。深夜我们一起看重播的《老友记》。第一年里，杰西卡通常比我早起，她会去街角的熟食店给我们俩买咖啡——一杯榛子奶油咖啡，一杯代糖咖啡。

但是我很讨厌锈迹斑斑的水槽，还有，每次楼上邻居淋浴时我们的浴室就会漏得像发大水一般。我们的卧室是对着马路的，嘈杂得不行。就像一个人从初中要升到高中那样，我已经准备着接受别的东西。不仅仅因为那是个人必要的选择，也是因为岁月的缘故。

托比亚斯和我在第六大道跟麦克道格大街之间的第八大街上找到了一间一居室房子。房间又小又旧，炉子已经锈了，墙壁尽管刚刚粉刷过，但上面都是裂缝。不过我们的卧室是朝里的，所以相对很安静。那是我们看的第三套公寓房，我们当场就决定租下来。

我上班时托比亚斯出去找房子。他曾希望搬到布鲁克林去，可最终我赢了。我很确定自己不想离开曼哈顿。托比亚斯变得温和了，他甚至都没有为这事认真和我争辩过。我想他明白自己根本没机会。

"就这间房子了。"他在电话里对我说。

我看了看时间,上午11:38。"是你看的第一处房子吗?"我问。

"很完美。"他说,"相信我。"

半小时后,我悄悄溜出去吃午饭,在房子门前的台阶上跟他会合。他手里捧着一把向日葵。正是当令季节。"欢迎回家。"我刚到那里他就对我说。

我们一起上楼,爬了六层。我一走进去就意识到他是对的。倒不是说房子很完美,远远不够,但那是我们的房间。托比亚斯很兴奋。"我们可以粉刷下起居室。"他说,"可以刷成黄色。"他用手悄悄地搂住了我的腰。

"太棒了。"我说道,"租金多少?"

他眯着眼看了看我。"两千四百美元。不过我想只比预算多了三百美元,对不对?中介说她会把中介费帮我们减一半。"他耸了耸肩。有那么短暂的一会儿,我脑子里想象着在我们的公寓房间里,一个拿着公文包的长腿浅黑肤色女人在厨房操作台上抚摸着托比亚斯。

我没有勇气告诉他,我们的预算其实早已经比我们实际能负担得起的超出了两百美元。可我也想要那间粉刷成黄色的起居室。

马蒂帮着我们搬家。他从他父亲那里借了辆厢式货车,用毯子绑了一圈。托比亚斯早就把他的丰田普锐斯在洛杉矶卖掉了,那时马蒂已经离开学校,在一家银行上班。"工资拿得过多,精神过度紧张。"这是托比亚斯对他新工作的描述,"他就像是只发情

十三

的小狗。"

"他很兴奋。"我说。我们在堆放箱子。托比亚斯小心翼翼地把一盏灯放在地上。马蒂在楼下,看着那辆跟别的车并排停着的货车。

"没有的事。"他说,"他要做自己的事才会兴奋。他只是在一只仓鼠转轮上全速跑而已。"

托比亚斯怪马蒂没有坚持从一份基础性的工作做起,或者没有自己独立准备简历求职。他认为他把自己卖掉了。但是马蒂二十三岁了。"先挣钱,后独立。"每次托比亚斯提起这事他就会这么说。

在我看来,马蒂似乎挺开心的。但在这一点上,我理解托比亚斯对于成功、金钱及为他人打工的那种复杂的关系。他曾经在洛杉矶都尝试过了,他很享受——但那只是因为他发现那份工作很有创造性,很重要。他是名真正的艺术家——商业上的成功并不重要,常常还会是个问题。我不止一次听他对马蒂说一旦某个乐队获得成功后他就不再去听他们的作品了。"声音会改变。"他会说,"不再纯净。"

他不再为沃尔夫工作,分得不是很顺畅(辞职并非其中的一部分原因),现在他在给沃尔夫在纽约的竞争对手打工——他说这种做法是很司空见惯的。他不再经常出差,这个我很喜欢,他也适应了。他们大多数时候是为纽约的大广告公司拍摄。这算是从以前的引人注目的摄影师日子退步了,但还没有像在数字摄影公司时那样糟糕,何况薪酬还不错。那是份工作,而且我们又在一起了。不过，我清楚他对工作不是十分满意，这让我心烦意乱。我为马蒂辩解，经常感觉像是一种平息自己对托比亚斯的负疚感的方式——"成长过程中那样是没问题的。"

我站在铺着木地板的小公寓房间里，马蒂和托比亚斯则轮流下楼把箱子搬上来。我像个导演发号施令，"放左边""放到卧室里""放在最里面墙边"等。这个地方太小了，总的说来，只有我们原先公寓房的三分之一大小，我们的东西就显得太多了。经年累月，东西越积越多。旧椅子、抱枕、在第二大道上的廉价用品商店买的小凳子之类，还有在纽约市的人行道上随手拿的印刷品、奇怪的宜家家具（那是电视架还是张桌子？），从特百惠塑料用品到煎锅之类的厨具。卢比亚只拿走了很少几样。托比亚斯什么都没扔掉（万一我们要用到第二个打蛋器呢？）。这是他的一个奇怪的特征——不像他的性格——连这些都要收藏起来。我试图建议扔掉些，但搬家本身已经够让人头疼的了，故而多数情况下每样东西都被搬过去了。

但奇怪的是，有样东西，就是过去那些年里我买下的他的那幅摄影作品。那个部落男子的照片。我到处都找不见。我们拆箱后不在箱子里，也没有跟卫生用品误放在一起，也没被塞在一包衣服里。日子过去了几天，我们把箱子都打开了，碗碟也都堆放到厨房里，我开始慌乱起来。我还去过老的住处——可没人见过那幅照片。我给马蒂打电话，请他在货车里再找找——毫无踪影。搬进新住处一周后，我坐在卧室地上，低头在床底下找。这已经是第二十次了吧。

十三

"你就别折腾了吧。"托比亚斯说。他对那幅照片的踪影似乎都没有什么好奇。我忽然想起来也许他已经把它处理掉了。

"我办不到。"我对他说道,"那是我拥有的你的第一样东西。"

"谁在意呢?"

"开始的时候它就有了。"我说。

"我们也是啊。"

"你在逗我,对吧?"

马蒂在厨房里,想用各种调味品做顿饭。那一周每天晚上我们都叫了比萨,我肯定我们还会叫的。托比亚斯把我抱在怀里。"我有了你,谁还在乎一幅照片呢?"

"你从没喜欢过它。"我对他说。

他又去整理架子上的书。"那不是我最喜欢的作品,我拍过更好的。那时我十九岁。我过得很糟。"

他不理解。谁在意那幅作品的质量呢?重要的是那个故事。那是我们的面包屑,甚至也许是我们的圣杯。我不能失去它。出于某种原因,我感觉失去它可能意味着是件对我们的关系有重大影响的事情——那是某种坏兆头。就好像那幅照片是我们的幸运符,没了它我们就完了。

"你是不是把它扔掉了?"我问,"你要跟我说实话。"

"没有。"他说完就离开了房间。

那晚,在我们新居,我第一次失眠了。我不停地想着那幅照片,想着它会在哪里。想着在所有我们搬过来的东西里,所有那些毫无用处、随意处置的日用品和家具里,怎么偏偏就不见了它。

我一直以来都小心地保管着。我把它从墙上拿下来,用原来的纸——那些装了它两年的纸——包了起来。我把它卷起来,用胶带封好。它到底出了什么事?

　　托比亚斯睡在我旁边,打着呼噜,一点也不关心。他的头枕在我胸口,卷发弄得我的脖子痒痒的。我想着那个拍了那幅照片的男孩。之前所有那些年里我要去见的男孩。那时我没有找到他,可我找到了那幅照片,尽管我没能拥有许多东西,可我依旧拥有它。或者说曾经拥有过。那个木纹纸上的男子。我思忖着,我是不是一直以来抓错了东西。

晚上 9:52

"托比亚斯死了。"杰西卡刚说完,我就感觉到像有金属嘎吱嘎吱地穿透我的身体,钢铁紧压着,水泥砰砰砰砰地吞噬着我的皮肤。托比亚斯被车撞的时候,我什么都感觉到了,每一根肋骨的断裂,最后一滴血的流失。我一直试图忘记发生了那事。可是那当然已经发生了。他已经走了。

蠢。蠢啊蠢啊蠢啊蠢啊蠢。

杰西卡好奇地看着我,仿佛她吃不准我会有什么反应。仿佛我会把桌子给掀了。我当然不会。这并不是突如其来的事。他死了,我知道。我当时就在现场。

康拉德脸上露出担心的表情,奥黛丽不停地喘着气重复着说"哦,天哪"。罗伯特一言不发。

"对不起。"托比亚斯说,"真是对不起。我以为今晚——"

"怎么?"杰西卡打断他,她声音中的火气又回来了,"难道你还能让时光倒流?"

那一刻,出于某种原因,我们都看着康拉德。也许是因为他是哲学教授,也许是因为到现在来说他一直是这桌人中的权威。然而我认为也是因为别的什么。我们为何在此？这是如何发生的？

他抬起双手，好像让我们不要靠近他。

这时奥黛丽发话了。"我想也许我们需要先消化一下这个消息。"

杰西卡把手掌跟贴在了额头上。"拜托各位，我们过去一年里一直都在消化这个消息。"

他死了，这个事实令我崩溃，此前也曾无数次令我崩溃。获悉这个噩耗的最初几星期里，我一醒来，就拼命地呼吸空气。每天早晨，意识到那不是梦，而是我的现实，他已经死了，我就像被冰冻拴住了一般。

然而，一年来第一次，我感受到了某样不同的东西，某样崭新而鲜亮的东西，在播种萌动。因为也许……

我在桌子底下伸出手去抓住托比亚斯的手。这次，我抓住了它，不再放开。我感觉到他的手指在我手里卷曲着扣住了我的手指，他的手掌凉凉地压着我的。这是我一直在思念的东西。这样。他。血肉。

我知道奥黛丽不会回来了，甚至我爸爸也是，但托比亚斯可以回来。托比亚斯是我的。假如不是因为我们犯的错，假如不是事情出了岔，他依旧会在这里。该是由我来修复这一切了。

"要是那就是我们在此的原因呢？"我说道。我的嗓音在抖，我从一起用餐的人脸上看得见自己的犹豫。

"我不知道……"罗伯特开口道。

晚上 9:52

"不。"我说。这就是事实，必须是。我感觉好像自己已经模模糊糊地找到了答案。我对另一种解释不感兴趣。我要抓住托比亚斯的手，带他离开这里，离开这些不肯相信的人。"那就是今晚我们在这里要做的，我们将能改变一些事情。"

"萨布丽娜，"奥黛丽说道。这是她第一次直呼我的名字。"我认为那不是一个明智的想法。"

"为何不是？"我感觉受到了挑衅，有些疯狂起来。因为，真的，只要他回来了，其他什么都不重要了。"你自己说过，我们来这里是为了弄清楚事情原委。"我转向康拉德说道。

"我是说过。"他说，"但我没说要改变事实。"

"也许你们可以讲和。"罗伯特说，"我知道这听起来——"

"不行。"我说，"请都别说了，你们。"他们的声音听起来粗哑、嘈杂，就像某个星期六早上七点我们第十大街的公寓外面在钻水泥地的声响。我想要那声音停下来。

我看向托比亚斯，他的两眼充满了我所感受到的那种希望，我沉浸到了那种希望里——那种我们两个之间所共有的空间。那个我们在过去十年里一次又一次所重建的场合——在那里，我们只需要彼此。那个平复了我们最艰难时光的空间，那个让我们重归于好的空间。

"我们可以试着改变，是不是？"托比亚斯说。

"我没法待在这里了，"杰西卡说，"我受不了。我没法看着你……"她站了起来，然后奥黛丽也站了起来。

"坐下。"奥黛丽说。

杰西卡看上去吃了一惊。她把短上衣更紧紧地裹住自己。"我不。"

"我说坐下。"她重复道，这一次语气更加用力。康拉德的一只手放到奥黛丽手臂上。"这是萨布丽娜安排的晚餐，你记得吗？杰西卡，请坐下。"

杰西卡摇摇头。然后她猛地坐回椅子里。"你们一个个说起来都很容易。要是行不通，我就是唯一一个得留下来的人。你们都会回去的，可我就得听着那怎么行不通，她再次彻底失去他是怎样的感觉……"杰西卡的声音哑了，她咬着自己的下嘴唇。

"杰丝。"我说。我依然拉着托比亚斯的手。"对不起。可我必须这样做。"

"你要我就坐在这里？"她回道。她用手背在脸上擦了擦。

"不是。"我说，"这里没人比你更了解我了。"

"那不对。"她说，"他比我更了解你。"

"不，"我说，"他不了解。"

托比亚斯跟我在大的方面相知，在那种冲击一切、让人感到永恒和不变的方面彼此了解。命运。宿命。生活的浪潮不停地冲刷拉扯。但在那些细微之处，诸如日常琐碎，诸如咖啡和芝麻百吉饼、《老友记》重播、圆珠笔尖圆珠使用过度，等等，只有她懂我。她从来都是我的紧急情况联系人。我从未写过托比亚斯的名字。我总是写杰西卡。

"求你了。"我说，"我需要你。我需要你留下来。"

她看着我。她的眼睛告诉我她累了，她不想这么做，她知道

晚上 9:52

那是个错误,我们永远没法回到从前。但是她点了点头。"好吧。"她说,"是你请的饭局。"

我感觉托比亚斯捏了捏我的手。

康拉德清了清嗓子。"你前面正在跟我们讲他从洛杉矶回来了。"他说道。

"我们很幸福。"我说。我停了下,因为第一次觉得不想再重温我的那段经历了,我也想听听他的经历。我想知道这一切对他而言是什么样的。"对不对?"

托比亚斯突然用近乎暴力的眼神看着我。"当然了。"他说,"你怎么连那个还要问我?"

"很多事情在同一个时刻可都能是真实的。"杰西卡说。

十四

他回来后的那个夏天，我们当时住在第八大街。那是我们最快乐的一段时光，可以跟我们在一起的第一年相媲美。我们骑着自行车在城里到处逛，在高线公园吃着从 BG 冰淇淋店买的冰淇淋，在展望公园的树荫下躺在毯子上度过一个个下午。此刻，在我回想这段时光时，就仿佛这座城市里只有我们两个。显然不是这样的。我有份工作，并且开始发现也许我应该去从事童书出版。我曾经推进了老板买下的一本关于十一岁的安妮·海瑟薇（莎士比亚的妻子）的稿子的出版进程。这本书质量中等。我觉得自己也许在那方面有些特长。

马蒂在跟新学院的一名研究生交往。她叫贝斯·斯特恩斯，是位作家，我们四个很多时候都待在一起。她对向日葵籽有种奇怪的癖好，身边总是带着瓜子。坐地铁、去博物馆，甚至连去饭店都带着。不论去哪里，她身后都会留下一串瓜子壳。她人很好，也聪明利落。马蒂还在银行工作，正在考虑去一家对冲基金，当然，这是托比亚斯不赞成的一个要点。可是他开始越来越少跟马蒂谈自己的想法了。"他不想听。"每次说出自己的担心后他会这

十四

么说。

"我知道他对我很失望。"八月的一天晚上马蒂对我说。我们在马蒂公寓的厨房里。这是位于中城的一个新住处,家居用品井然有序,视野开阔。他拿着垃圾桶,我把吃空的外卖盒子往里扔。贝斯和托比亚斯在客厅里摆着棋盘。

"他没有。"我说,"你知道托比亚斯的。他对人的期望值总是不切实际。"

马蒂点点头。"那不太像是他自己独自在外打拼。他在为空气净化器拍广告。"

我皱了皱眉头。我不喜欢有人提起托比亚斯的工作。为了跟我在一起,他牺牲了自己的艺术特长来这里做那份工作。

"有时候我很担心他。"马蒂说道。我的手上沾上了一点咖喱,我走到水槽打开水龙头冲洗,也给我和马蒂之间留点空间。我们仍然还在那个完美的夏天。我不想知道他所见到的东西。我的脑海里突然闪现出了差不多两年前我跟马蒂一起吃的那顿晚饭。他曾经看起来那么骄傲。他曾经对我说也许那样是最好的。

"他很好。"我说道,仍然背对着他,"那份工作是暂时的。"我相信那是暂时的。托比亚斯太有才了。别的机会总会来的,而这次,那将会在这座城市里。我关上水龙头,"贝斯很棒。"

马蒂并没失去他的主心骨。他深深地叹了口气,递给我一张厨房纸巾。"是啊,"他说,"她很棒。不过还是希望她能够喜欢杏仁。"我们两个一同大笑起来。

马蒂和我回到客厅。托比亚斯跟贝斯一起嗑着瓜子,两个人牙齿黑黑的，咧嘴笑着。

我的朋友肯德拉工作做得比我更好。尽管她还没有找到下一本像《哈利·波特》那样的书，可却签下了一套英国丛书，作者先前曾经拒绝在美国出版，这事还挺有名。她因为这个当场就被提升为副主编。她现在有独立的办公室，虽说我更喜欢在大办公室里的她，不过独立办公室给我们带来了便利。

那是个星期四。肯德拉和她男朋友在汉普顿斯有间夏季分时度假屋——或者说是她男朋友的。我们做出版的工资勉强可以付房租，要想有间海滨度假屋就想都不要想了。她约会的对象是个从事金融业的男生叫格雷格，看起来似乎跟她很不般配。我曾经在我们老板在韦斯特切斯特的家里举办的工作BBQ上见过他一次。那套房子有个挺不错的后花园，烤架也不错。自始至终他几乎一直都在打电话。

"我需要减掉十磅。"肯德拉说。我们在她办公室吃午饭。我想起来，实际上，肯德拉至少比上个冬天瘦了有十磅了。自从她跟格雷格一起后，她几乎不太吃东西了。我在纽约生活得够久了，很清楚那些有钱的金融业白人男子通常喜欢瘦长的漂亮金发姑娘。肯德拉跟这些都沾不上边。在我看起来，要是格雷格要的就是那些的话，他自己早就走人去找了。我没法理解肯德拉干吗自觉自愿地要去改变自己。

"我不想三十岁了还单着。"我问起这事时她回答我说，"我是说，你呢？"

我快满十九岁时托比亚斯就走进了我心里，那意味着我不想

十四

保持单身。我知道,只要他在这个世界上,我就不会单身,不会真正的单身。

"你们俩谈起过结婚吗?"肯德拉追问道。

我低头看着餐盘里干巴巴的绿叶菜。我们没有谈起过。我们谈起过将来。我们想去旅行。有时候我们幻想过有个孩子——拥有他那样的头发,我的平衡感。当然都是假设的。

"我们正享受着现在这个样子。"我对肯德拉说,"我们还不着急。"

然而实际上,当然,我一直在想着结婚——独自私下想着。托比亚斯的回归某种意义上很有意义,我希望梦想成真。婚姻并不意味着任何在一起的承诺。我很早就从我母亲身上学到了那个教训。但即便如此,我仍期望那种承诺是正式的。我期望站起来,公开宣布对于彼此的那些承诺,站在那些在意的人们面前宣布。要有法律文书,有一群人见证,一个共享的人生。我期望把它拴在他身上。而杰西卡最近也一直支持我。"你们在一起差不多有五年了。"她说,"他有什么打算?"

我不知道,我觉得自己不应该问。我希望相信他会有打算的,某一天我们会有钱去做我们的朋友们在开始做的事,可他为了跟我在一起丢下了那份工作。现在我不会去问他这事。

"你真有信心。"肯德拉说道。她用一支现在随身带着的烟炭灰色的笔涂着自己的眼睛。"我但愿我们跟你一样。"

我耸了耸肩。我不觉得有信心。大多数时候我觉得完全不能确定。但是我爱他,他爱我。那就够了。

那天夜里，在马蒂的公寓那晚一星期后，托比亚斯和我煮了意大利面，坐在床上吃。外面热得人汗流浃背，空调只有在卧室里管用。公寓的其他部分温度都在九十华氏度。我一直没弄明白，到底是开着窗还是关着窗会让房里更热。

"五年后你觉得自己会在哪里？"我问托比亚斯。

他大声笑起来。他的叉子飞了起来掉到枕头上。洒下的番茄酱看上去就像个小小的犯罪现场。

"给。"我把餐巾在我的水杯里蘸了蘸递给他，"我是认真的。"

"跟你在一起。"他感觉到了我的意思，回答道。

"我知道。"我说，"那工作呢？"

托比亚斯擦着枕头。"我不知道。现在这份活还行。我们为什么玩这个游戏啊？"

我吸了口气。我鼓起了勇气。"因为今天肯德拉问我我们是否会结婚，可我不知道怎么跟她说。"

托比亚斯继续擦着。"告诉她跟她无关。"

"可跟我有关。"我说，"杰西卡也问过我。我们至少应该谈谈吧？"

托比亚斯停了下来，看着我。"你想谈吗？"他问。

"是的。"

他似乎想了一会儿。计划有了改变，地铁路线重新选择，夏日野餐可天气预报说有暴雨。

"知道这点很好。"他说。

"你这话是什么意思呢？"

十四

托比亚斯叹了口气。"就是那个意思。知道了很好。我以前不知道婚姻对你很重要。现在我知道了。"

"我没说过有那么重要。我只是说我们应能够谈一下。像我们在一起这么长时间的男女都会谈婚论嫁的。"

托比亚斯把他的盘子放在床头柜上。"当然了,跟我讲讲别的男女都做些什么。我们应该做笔记!我们靠自己怎么样生存下去呢?"

"那不是我的意思。"

"不,你就是那个意思。你从来就不能接受我们就是我们本来的样子。你总是需要确保我们合群。"他开始生气了。他生气的时候额头上的血管会突出来。

"我希望拥有其他人拥有的东西就那么糟糕吗?杰西卡和苏米尔——"

"因为他们是幸福的画像?"

托比亚斯喜欢苏米尔,不过他们完全是两类人。尽管他从未说过,但我知道,因为杰西卡对我们的生活诸如托比亚斯没有稳定的收入、我们那种围着自己的处世方式等都有想法,托比亚斯对他们也有看法。迫于生活、变得平庸——这些都是让他半夜难以入眠的事情。

"他们那样有什么不对?"我此刻开始吼叫起来。我的耳朵里都能感觉到心跳的节奏。意大利面在我膝盖上晃动,快要掉下去。

"那是你真正想要的生活?搬到康涅狄格去?你都再也没跟她见过面。他们从不旅行。他们会被困在那幢屋子里,然后困在更大的一间，再更大的一间……"

"对啊，嗯，至少他们会在一起。"终于来了——那总是掩盖在我们争吵的表面之下的东西。你可能还会离开的。

"你相信我吗？"托比亚斯问。他的声音里没了力量。

"相信。"我说道。我把憋着的气都呼出去了。"我当然相信。"

"你需要我跟你结婚来证明我爱你吗？"

"不用。"我说。我垂着头，看着盘子里那堆意大利面。此刻我们缓和起来，看上去真蠢。我被肯德拉的问题赶进了一场狂暴中——为什么啊？

"你知道生活中没有保证，我没法信誓旦旦地给你承诺任何事，就跟你没法确定给我承诺什么一样。"

"可是我可以。"我说，"我可以承诺你。"我抓住他的手，"我非常爱你。"

他绿色的眼睛看着我。他把一缕头发拨到我耳朵背后。"我也爱你。"他说，"总共有多爱。你知道的。只要你幸福，我什么都愿意为你做。"

"说五个词。"我说。

他抬起一边的眉毛看着我。"火热。"他说。

我把他的手移向自己胸口。

"我是在说外面的气温。不过这个也是的。"他轻轻地捏了捏我的乳房。

"脖子。"他吻着我的脖子，"承诺。"

"真的吗？"我的声音带着一丝获胜的意味，他能听出来。

十四

　　他用手把我的脸往上托起来。"萨比,要是你真的想结婚,我们现在就可以去法院。任何时候。我希望你幸福。"

　　我感到自己胸口揪了一下。我知道他的确希望我幸福。我知道他说的是真的。

　　"爱情。"我说。

　　"最后是爱情。"他说,"先来做爱。"

　　他把我扔回床上。接下来的一年里,我们再没提过结婚的事。

晚上 9:58

"我们当然很幸福。"托比亚斯说道。他仍然握着我的手。"不过有时候我们感觉像是把太多的东西交给命运了。"

"有意思。"康拉德说。他身体前倾，双肘撑在桌子上。奥黛丽啪地把它们打了下去。

"萨比有这个念头，我们是命里注定要在一起的。"

我试图把手拉开。他好像今晚在这里要把我暴露在大庭广众面前一样。我不喜欢这样。我以为我们订过合同，一起待在那个地方。

"别动。"他说道，边稳稳地抓着我的手掌。"那是真的。你对我没能记得你去过《尘与雪》展览总是很生气。"

严格地讲，他没错。不过生气用得并不很合适。伤心也许更确切一点。

"她有这种感觉，那样可以有效果的，而你们则不用为此去费心思。"杰西卡说，"就像他们的爱情故事，史诗一般，那些日复一日的琐碎就无关紧要了。可那却是男女关系的真相。他们是日常的琐碎。"

晚上 9:58

"我就在这里呢。"我对她说道。我把手从托比亚斯手里抽出来,那样我可以更正常地面对杰西卡。"请你能不能不要再谈论我了,好像我是在另一个房间里的孩子。"

杰西卡翻了翻眼睛。"我没说那个。我只是……"

"什么?"我回击她,"你不想我跟他在一起。你就承认吧。你表现得好像是你爱他一样。"

"我跟你一起去的!"杰西卡说。此刻她拼命打着手势。"实际上,是我推着你去的。是我找到了那家摄影俱乐部。是我开车送你去的加大洛杉矶分校。"

托比亚斯好奇地看着我:"你从来没跟我讲过是怎么买到那幅照片的。"

"我当然讲过。去看了《尘与雪》展览后,我甚至都不知道你叫什么。我去了加大洛杉矶分校。我找到了摄影俱乐部。你不在那里,但我买了那幅照片。"

"没有。"托比亚斯说,"你从来没告诉过我。"他看上去很担心,很沉重。他的脸很红,就像他刚刚跑步进来。

"看到这个了吧,就在这里?这就是我的意思!"杰西卡说,"你们两个都以为那是巧合,但其实不是。你们需要每一件事看起来都像是魔法一样。你们没法接受你们两个都是凡人的事实。"

尽管困难重重,我们还是再度找到了彼此。在纽约市!我们很神奇。

"我不需要魔法。"托比亚斯说,主要是对着我。他看起来依然很吃惊。

"你认为她是从哪里得到那幅照片的？"奥黛丽打断说，"那肯定是……"

"你知道的。"罗伯特说，"你只不过自己不想承认罢了，因为那意味着你的责任，因为那意味着你对她的亏欠。"

罗伯特的语气变了。他的语气中有种近乎父性的东西。我们都不说话看着他。

"不。"我说，"算了吧。"因为要是我想为他们中的一个辩护的话，那个人就是托比亚斯。

托比亚斯呼了口气。"他说得对。"他说，"不管怎么说，我也这么认为。"他用手在脸上摸了摸。我在他边上，觉得自己的身体紧绷起来。"有时候我很害怕让你失望。"他说，"你把我看得那么高。我并非总是那样的人。"

"我看见了你。"我说，"我看见了我们。我看见了这全部的未来……"

托比亚斯看了看罗伯特。他们两人交换了一下眼神。这是今晚我第一次看到他们这个样子，坐在彼此边上。他们看起来毫无共同之处。托比亚斯的头大大的，满头卷发，有一对绿色的眼睛。我父亲则差不多秃顶了，皮肤颜色深一块浅一块的，胸膛凹陷。然而他们两人都有一种紧张的气质。他们高度警觉。我记得我父亲的一个静止的形象，像拍的快照一样，他在厨房里走来走去，两手手指互相捏着。我的脑子里自动冒出了一个令人不爽的想法。我把它压了下去。

"好吧。"我说，"你们是人类。我看错你们了。那是我的过错。"

"那不是我说的。"托比亚斯说,"那不是你的错。"

我伸出双臂。"哦,如果不是我的过错,而且也不是你的过错,那么是什么呢?"

一桌人都沉默了。我听见奥黛丽清了清喉咙。最后,康拉德坐直身体。

"那么我们点甜品吧。"他说,奥黛丽朝他摇摇头。"怎么啦?"他说,"我要吃点甜的东西。"

我们每个人都开始忙着翻看菜单,过去几分钟里我们之间的争论悬在了空气中。所有说过的话都游到了一起,我再也无法将它们区分开来。他的确用我需要被爱的那种方式爱着我。跟他在一起才是最重要的。要是我们不能搞清楚这个,要是我们不能回到从前,我就将永远失去他。我们感觉好像没有变得更亲近。事实上,我们感觉像是离得更远了。

"要蛋奶酥吗?"康拉德问。一群人开始谈论冰淇淋和雪芭以及桃子馅饼。而我则靠着椅子,想着要是我干脆站起身走人会发生什么。要是我走出餐馆回家。他们就会消失。我父亲,奥黛丽,康拉德和杰西卡也是。可是托比亚斯也会一去不复返,而我无法忍受那样,我们之间还剩下那么多事。

十五

那个夏季之后,那天晚上吃意大利面条和谈论过结婚之后,接下来的秋天和冬天我们进入了日复一日的常规生活。上班,回家,做饭,做爱(有时候),睡觉。那段时间不再像夏季那么自由而好玩,而是生活——况且我们也不总是很和谐。

我们开始争吵,次数比我想要承认的都多。那间位于西村的公寓并非一直是个爱巢,而且也不够大,不能总容下我们两个。事实上,很少如此。我们跟卢比亚住在一起,以及更早之前跟杰西卡住一起时,那时还有一个缓冲。现在就只有我们两个发生冲突。有时候我们闹得很厉害。

然而我推想,那就是我们的一部分。那就是令我们产生火花的部分,是我们不同于杰西卡和苏米尔的地方,不同于我跟保罗的地方。我们可以同样地爱着又同样地吵着,我对自己说,那种接触没有坏处。那意味着我们充满热情,意味着我们在乎彼此。

托比亚斯在他离开的那两年里养成了几个习惯,我也是。我跟保罗的关系要是谈不上充满激情的话,却也是十分松弛。我们从不争吵,主要是因为也没什么可以吵的。那场关系是在暖水

十五

里中止的——防冲击的那种。我们在挑选外卖菜单、逛博物馆以及看电影中过着日子。我们就像队友一样把接力棒传过来递过去,却不用跑步,没有压力,不用喊叫,也没有获得显而易见的胜利。

我记得有次下班后到保罗住的地方去,看见他在电脑前做事。我们交往两个月后我拿到了他那里的钥匙,这并非出于浪漫或某种承诺,更多的是方便。"你在干吗?"我问他。

他抬头看看我,递给我一杯红酒。我每次去的时候,他都会倒好一杯。"做一份电子数据表。"他说。

他把电脑转过来给我看。"看到了吗?纽约的各个区域,还有博物馆、饭店,以及特别的演出等。"他的手指在屏幕上方指点着,"那样我们就不用老是去查《外出指南》。我把我们星期六要做的所有活动都压缩好了。还有平时晚上可去的活动。"

我喝了口酒。"真有才。"这完全就是我本来就想做的那种事情,而我很喜欢,因为自己不用去做了,他早就做好了。我甚至都没想到过。

他微笑道:"谢谢。"他把一叠外卖菜单递给我,"现在,该你了。"

我们的生活方式有很多共同之处,因此我们很少会发生互相感到不满的情况。我们唯一会争吵的事,要是那都可以被称为争吵的话,都跟我们的关系无关。我们会争论看过的一场演出中某个演员的背景,诸如他是否曾在《70年代秀》中出演过(当然到谷歌上很快一查就解决了),《华盛顿邮报》好还是《纽约时报》

靠谱，外出共度周末哪个地方最好（他说是火烧岛，我认为是伯克郡），等等。我们睡觉前会清理好厨房，我们的闹钟都定在七点十分。

不管保罗和我是什么样子，托比亚斯和我一起则完全相反。我们都像上了电。脏碗碟，一堆堆待洗的衣服，空的牙膏管子，用坏的遥控器，到处都是。我们流汗，吐口水，面红耳赤，互相捶来捶去。我们太真实了，都要把自己逼疯了。

我独立编辑的第一部小说三月就要出版了。我邀请杰西卡、苏米尔、大卫和肯德拉来参加首发式。那是本中等质量的小说，名叫《一日的天空》，主人公是一个小男孩，他发现自己能飞行。我对这部小说感到很骄傲，也为它的作者托尼娅·德马科感到骄傲。她五十岁了，这是她的处女作。我迫不及待地希望跟每个人分享这件事，特别是跟托比亚斯。我要他看看，在他离开的那段时间里，我也一直在做着很有意义的事情。

一个周二晚上六点，我们都聚集在麦克纳利印刷公司。外面下着雨。我担心杰西卡可能不会来了，可她却是第一个到的，二十分钟后苏米尔也来了。大卫则是跟新男朋友亚瑟一起来的。

大卫抱了抱我。"祝贺你，美人儿！我太想见见托比亚斯了。"他说，"都有好几年没见到他了。"

我们计划等仪式结束后一起去用餐。街角边有家很温馨的比萨餐馆，叫作鲁维罗萨，很难订到位子。我提前一个月就预定了。

"他也很激动，想见你。"我说。

托比亚斯不善交际。他很有风度，很吸引人，当遇见某人时，

十五

他的确会很有兴趣,但从来不希望我们刻意为之。最初,在他去加州前,他曾经努力去融入我的朋友圈,可随着时间的推移,他那种与生俱来喜欢独处的个性倾向变得越发糟糕了。"干吗要出去?"他会问我,"我想要的一切就在这里。"

托尼娅很紧张。我给她倒了半杯廉价红酒,那是由我们的宣传员提供的,我跟她说她会很出彩。她将朗读一小段内容,然后做个问答。我走到麦克风前,请大家入座。杰西卡、苏米尔、大卫和亚瑟坐在第二排。杰西卡朝我竖起了大拇指。托比亚斯在哪儿?

"非常感谢大家光临。"我说,"我向大家隆重介绍这位女士,以及她写的这本美丽的书……"

我谈到自己第一次读就爱上了这本书,托尼娅是多么富有才华,创作多么投入。房间里的人们爆发出热烈的掌声欢迎她。我坐下来,但托比亚斯还没来。在她朗读期间,我不停地朝人们后面看,指望着他会出现。可他没来。

等我祝贺过托尼娅,安排好她开始签名,我查看了手机。我错过了他打来的一个电话,还有一条短信。真对不起宝贝我得加班。跟你的朋友们问好,迷死他们。爱你。

我一直盯着他的短信看。你的朋友们。不是我们的朋友。不是大卫,杰西卡,还有苏米尔。

"你差不多好了没?"杰西卡问。她胳膊下夹着一本签了名的书。"托比亚斯呢?他到餐馆里跟我们碰头?"

我堆上一个微笑。"他手头活还没干完。就我们几个。"

我看见杰西卡的眼角朝苏米尔瞥了一眼。我知道她在想什么：我丈夫都可以安排来出席你的活动，你男朋友为什么不行？

我们去用餐，大家都为书的出版举杯庆祝。可我心不在焉。我希望他在场，我希望他能够跟我分享这一切。而在此之外，我希望他明白这对我来说多么重要。我希望他跟我一起存在于这个世界上，这个真实的世界——由我的工作、朋友及生活组成的世界。而不仅仅只是局限在我们公寓里的那个世界。

我回到家时，他正坐在沙发上看电视。

"首发式怎么样？"他问。我一走进房间他就把电视机关了。"跟我详细说说。"他递给我一束向日葵花。那是三月，我不知道他是怎么找到的。

"很好。"我说，"我希望你能在。"

"对不起。"他说，"我得去拍照片。今晚的落日简直美妙绝伦。你看到了吗？"

"我以为你在加班。"我说。

"我是在工作。"他说。

我不想要吵架。我走进去把向日葵花放进水里。他没有加班。

那天夜里，我一直不停地想着杰西卡看向苏米尔的那个眼神，想着大卫带着他刚开始交往的男人来出席活动。

* * *

托比亚斯在洛杉矶时开始做超在禅定冥想。他喜欢早晨醒来

十五

后坐在椅子里,冥想二十分钟,像要求的那样。但是我们的公寓很小,而且我们有两个人,早上就没有空间让一个人静坐一个人风风火火洗漱。我必须在九点前到办公室,那意味着八点半我就得出门。我曾试着走路去上班,因为我太缺乏运动时间了,不过多数日子我都是坐地铁。我会在托比亚斯身边挪过去,开抽屉,找紧身裤及相配的鞋子。而他则坐在那里,紧闭双眼,追求与这个世界隔绝。

"你不能昨晚就准备好吗?"他问。

"你不能等我走了再冥想吗?"我反击说。托比亚斯的上班时间是不固定的。事实证明,这份工作比数码摄影的那份更让人大脑麻木。秋去冬来,冬去春来,连商业拍摄工作也越来越少了。他的饭碗还没丢,不过他的公司很可能安排别人去负责广告活了。我自己私下里想,那是因为托比亚斯不太善于掩盖自己对商业摄影的厌恶。他的老板开始经常出差,并带着另一个摄影助理。我没跟托比亚斯提起这事,因为我知道这个话题很敏感,但我不止一次地在想他为什么不去另找一份工作。我明白这些工作不好找,我也知道要是我谈起这个他也会这么说的。他给我房租钱也开始越来越拖沓了。出于保障原因,房子租约上写的是我的名字,因而他要把房租钱付给我。有时候他干脆就全忘了,几星期后我提醒他时,他会难以置信地充满歉意。"真对不起。"他会说,"我忘掉了。下个星期给你。"

"他需要努力进步。"那个秋天,我们难得在一起吃饭时,杰西卡对我说。我们在一家彼此都喜欢的连锁希腊餐馆吃饭。"你想要生孩子。那么谁来抚养呢?"

"抚养?"我说,"我们现在还用抚养这个说法吗?"

"我用。"杰西卡盯着我。"就像你一小时挣四美分。"她顿了顿,"其他一切都怎么样?"她问。

"还行。"我说。我避开了她的注视。

"你希望让苏米尔跟他去聊聊吗?你知道他很喜欢托比亚斯,我们两个都是。我只是觉得你们两个家伙该面对实际情况了。"

"是什么样的实际情况呢?"我问。

"那就是,你们在不久的日子里将需要成长起来。"

我想着大学时的杰西卡——她在我们宿舍厨房里点香,坐在卧室窗台上给水晶灯充电。如今她会怎么看待自己?她会失望吗?还是会恼怒?她会觉得被背叛了吗?

不去管那么多了——我不想背叛托比亚斯和我。我们注定是要轰轰烈烈的。我们注定是要超越平常的。杰西卡看不到这点,我不怪她,可是我也不知道该如何向她解释——同样的规则不适用我们。

四月底某个特别的一天,我上班要迟到了。兰登书屋上午九点要举办一个盛大的发布会,那是个季度大会,会上编辑们要给销售和市场部门人员介绍即将推出的选题。我要给老板准备完一个PPT,应该八点钟就到公司,可是我睡过头了。

我在卧室里飞快地走来走去,砰砰地开着抽屉,找着我那条棕色灯芯绒裤子。

"你能不能声音小点?"托比亚斯坐在那里冥想,对我说道。

十五

"不能，"我说，"我做不到。我上班要迟到了。我的工作都是定好时间的。"我一说完就知道要坏事，可已经太晚了。话已经说出口了。

"哇噢，"托比亚斯睁开眼睛说道，"总算是把话说出来了。"

"我的意思是你的拍摄要到下午一点才开始。"我说，"你可以等我离开后冥想。"

"这也是我的公寓。"托比亚斯说，"即使你他妈表现得从来不像它也是。"

他离开了卧室。我记得自己在门口望着他的脚。他还穿着运动裤。

我并没有表现得这是我的地盘。那是我们的。我们一起搬了进来。不过我担任起了负责任的角色。有时我甚至觉得自己像个家长。碗碟堆积如山时我去清洗；牛奶变质了或是牛奶盒空了，还是我发现的。暖气片不起作用了，是我给管理员打电话。厨房里灯不亮时，是我去买灯泡。

那天晚上回到家，我发现他在厨房里。他还穿着运动裤，我不清楚那天他有没有去上过班。不过他在做我最爱吃的卤汁面条。我闻到了蒜香味和噗噗冒泡的番茄酱味。我扔下包，走进厨房。他把木勺子伸过来让我尝尝味道。

"完美。"我说道。我们没有谈起早上的事，但是我明白这是他表示道歉的方式，把事情纠正好的方式。

"要再加点盐吗？"

我摇了摇头。我用沾着番茄酱的嘴唇吻了他。"完美。"

我用芝麻菜和洋葱做了个沙拉，还放了点从橱柜里找到的松仁。托比亚斯老是买一些我觉得我们买不起的食物，不过这回我不在意了。我对这一切都充满感激，感激通过食物这种形式又让我们和好在一起。我们坐在客厅地上吃饭，因为没有桌子，也因为对于年轻、没钱而相爱的人这样显得有点浪漫。人们年轻、没钱而相爱着的时候就会坐在地上吃卤汁面条。虽说我也意识到了二十二岁时没钱跟二十八岁时没钱还是有区别的。

我没提工作的事，因为我知道这是我们达成的默契——这也不是托比亚斯所希望的。我明白，对他而言，那是最糟糕的一种工作。毫无创造性，也不性感引人，甚至收入也不多。我不知道的，也令我感到害怕的是，他是否会责怪我。他会不会很看重留在洛杉矶时所能得到的机会，而我会不会在天平的另一头。

我们在那一把俱乐部椅子上做爱，那把跟着我们从老公寓里搬过来的椅子。我们把碗碟都扔在了水槽里。第二天傍晚我下班回到家时，那些碗碟已经被洗完放好了。

晚上 10:10

我们点了甜品。四份蛋奶酥。杰西卡要了冰淇淋。奥黛丽和罗伯特要了卡布奇诺，托比亚斯和我要了浓咖啡。

"你们知道我认为我们需要什么吗？"康拉德说，"暂停片刻。"

"我们没时间了。"我说，"这不可能超过午夜。"只有一个晚上。只有如此才诗意而公平。

"那还剩两小时。"罗伯特说道，仿佛是说时间足够。

"你有什么建议？"奥黛丽问康拉德，"谈谈政治算不上是调剂休息吧。"

"现在的氛围下，不行。"康拉德摇了摇头，"虽说我确实经常在想，像你们已经离开的这一代人会如何看待现在这个世界。"

"一团糟。"奥黛丽说，"太可怕了。"

"的确如此。"康拉德说。

"如今一切都变得太快了。"罗伯特说道，"赶都赶不上。"

"那是什么样的感觉？"康拉德问。我想着他会掏出自己的袖珍笔记本来，不过他并没有。

"还行。"罗伯特说，"不算糟。"

"是的。"奥黛丽说,"不算糟。对将死的东西,我本无所谓,不过剩下的……算是可爱吧。你用不着害怕。"

"是的!"罗伯特说道,似乎这个观点显而易见,"用不着害怕。"

托比亚斯一言不发。康拉德看了看他。"那么你呢?"

"两码事。"奥黛丽说。她的语气变了,变得更加善解人意。

托比亚斯点了点头。"是的。"

"你是什么意思?"我问。我的心开始狂跳起来。托比亚斯身处某个他不想去的地方吗?他很痛苦吗?

"两者之间吧。"他说。他朝我微笑了下。我知道那种微笑,是用力笑出来的,那种他出于为我考虑只为我露出来的微笑。

"那又是什么意思?"我问。

他俯过身来,把我的头发捋到耳朵后,尽管没有一根头发掉到我脸上。"你想知道我所记得的事吗?"他问我说。

"什么?"我说。我觉得快要哭出来了。他离我那么近,他的话语那么温柔。

"跟你一起在海滩度假的那些日子。"

"你在哪里?"我又问他。但是我立刻想起了什么。要是他不在那里,要是他不在奥黛丽和罗伯特所在的那个什么地方,那么我们还真的会有机会的。我真的可以让他回来。他离得并没有他们那么遥远。

"我最初跟孩子们在一起的那些年。"奥黛丽在桌子另一头说,"我们来说说自己最精彩的部分。"

晚上 10:10

托比亚斯朝我眨了眨眼。我有种冲动,要跳过桌子,在奥黛丽开口前扼住她的喉咙。我们靠得很近,低语都能听见的距离。

"还有巴黎。"她说道,把我们从刚才的话题带得越来越偏。"我想念巴黎。"

"那当然。"康拉德说着,轻轻地拍了拍她的手腕。"罗伯特?"

"我的精彩回顾?"他问。

康拉德点点头。我听见杰西卡在边上清晰地叹了口气。"我不酗酒的第一年。我每一个孩子的出生。"

"他们像萨布丽娜吗?"奥黛丽问。

罗伯特笑了。"我很想说是的。我提到过黛西喜欢唱歌。她在一所艺术院校学习导演、创作和表演。我知道她母亲在担心,她从事这种创意性的职业将来能不能养活自己。不过我觉得她没问题。"

"她有才华吗?"奥黛丽问。

"很有天分。"他说,"而且很执着——就像你,我觉得。"罗伯特看了我一下,然后飞快地朝我眨了几下眼。"亚历克斯要内敛得多。她成长得很快,她总是有着一个成熟的灵魂,实际上,她很早就结婚了。那时我都还活着。"

"你陪着她走的婚礼红毯。"我说道。

"是的。"

"她真好运。"我不想那么尖刻,但还是没忍住。我感觉自己喉咙里有种情绪,如同残留在那里的咳嗽药水一般——黏糊糊的,很稠。我们都快没有时间了,因此我问他。

"你恢复得更好了，她们拥有了你。"我说，"而我所拥有的则是一个醉醺醺的父亲，甚至在我还记不得是为什么之前他就离家出走了。"

罗伯特吐了口气。"我没法把已经发生的事纠正过来，不过我希望你可以认识她们。"他说道，"她们一直都想见你。"

我知道这个。我收到过亚历克斯的一封信，放在家里的一个盒子里。尽管信是十多年前收到的，可我从来没打开看过。跟她有联系让我感觉像是在某种程度上背叛了我妈妈。像是要得到比她给我的更多的东西。因此我没看那封信。

但是今晚她不在这里。只有罗伯特在。

"你说过亚历克斯是名牙医？"康拉德问道。

我看见罗伯特的眼睛亮了起来。"她接受训练学习要成为一名牙齿矫正师。她很聪明，做得很好。奥利弗……"他拍了拍外套口袋，接着似乎记起了自己。

"他们说的是真的。"奥黛丽回应说，"你没法带在自己身上的。"

康拉德呵呵笑起来。"我还在努力。"

杰西卡瞥了康拉德一眼。"你是说你还没有……"

"死？"康拉德差不多是尖声说出来的，"当然确定及肯定还没有！我活得好好的。你怎么会有那个念头的？"

杰西卡耸了耸肩。"你刚才给人那个印象。"

"死了的印象？"康拉德问，"真太抬举我了。"

"不是，她指的是智慧。"奥黛丽说，"关于生活的智慧，这个就说得通了。对活着的人最合适了。"

晚上 10:10

"我清楚自己不能问任何关于你的事情。"罗伯特对我说,"不过要是可以,我希望你可以去找找、去见见他们。我认为那会有帮助的。"

"帮助?"

"萨比,"托比亚斯说道,"你知道他是什么意思。"

"我觉得那不会有用处。"我说。

"或许管用。"杰西卡说,"说不准的。"

我看着她,因为在所有人里,她应该能明白的。她妈妈另外成了个家。杰西卡帮着抚养三个弟弟长大。她母亲还是少女时就生了她,生他们时已经成年了。后来她去世了,留下杰西卡来照管负责那一切。

"我爱我的几个弟弟,你知道的。"她一边读着我的脸色一边说道,"他们让一切都变得值得。那些女孩都很想念他。就跟你一样。"

"我其实都不认识他。"我说。

我看着罗伯特。他坐得笔直,脸上没有表情,但两眼睁得很大。我可以注意到我的话语对他所造成的痛苦,不过我也看到了别的什么。他看起来充满希望。

"我有很多遗憾。"罗伯特说,"我应该给珍妮特多留点钱。她没事,但我担心着她。我但愿几个女儿更大一点。我没能看到黛西毕业。她现在需要一个父亲。她经常跟她母亲争吵。我希望我看到过自己的外孙。"

"我需要坐下来听这些吗?"我说道。

"是的。"罗伯特说。这是整个晚上我第一次听到他用威严的声音说话。他看起来更高大了,也更年轻了。"我有很多遗憾,萨布丽娜。关于我全家。但我来这里是站在你一边的。今晚在这里我跟你在一起。"

幸福是一种选择。

"他说得对。"托比亚斯说,"你可以生气,可以恨我们,可是我们来这里是为了你。我们所有的人。"

如此多的解释,太过分了。托比亚斯身处炼狱,罗伯特充满悔恨,而我则依然在为他们两人致哀。"亚历克斯给我写了封信。"我说,"我从没拆开来看过。我只是太……"我看向罗伯特,"我想自己不希望事情那么容易就过去。"

罗伯特低头看着桌面。他握着拳头放到嘴边,清了清自己的喉咙。

这时我们的咖啡上来了。

"哦,真是赏心悦目,这种泡沫的艺术!我太想念泡沫艺术了。"奥黛丽惊喜地大声说道。她把双手交叉在一起,低头看着她的咖啡杯。她的动作显得一点表演的成分都没有,虽说不管怎样她是名女演员。

"你便是那赏心悦目。"康拉德对她说。

奥黛丽脸红了。

"我不恨你。"我对着托比亚斯一个人说道。但我知道整桌的人都听得见。"我想你。"我说这话时微微把头抬起了一点,看到了罗伯特的眼睛。

十六

我们的最后一个夏季，托比亚斯接到去汉普顿斯为新开张的蒙托克酒店拍摄的任务。我休了一天假，跟他一起去了海边。已过去的冬日很难熬，春季更不好过。他不喜欢自己的工作，我们的生活计划又相左，这些都让我们付出了代价。我知道我们需要在一起的时间，他也知道，因此他安排好了一切。他订了就在海滩边上的一间小屋（包含在拍摄费用中），他叫我请假，他挑选了我最喜欢的红酒并自己带过去。

托比亚斯借了马蒂的车（现在他自己也有了一辆），星期四开车往东边去。我随后在星期五过去，跟他在蒙托克火车站碰头。我是下班后乘长岛铁路线去的，自打我们在纽约的第一年后我就没坐过了。那次还是因为苏米尔在律师事务所的老板把自己的房子借给他度周末，杰西卡和我带着一大堆"两元抛"葡萄酒、分类猜名游戏卡和好多包爆米花上了火车。我们只是到那里去度了一个长长的周末，可感觉像是过了一个月。

当我看到他站在站台上，手里拿着一朵向日葵花，那一刻我立马知道我们和好如初了。那就是他。托比亚斯。我的托比亚斯。

不是那个性情乖戾、情绪低沉、时不时地寄宿在我们家里的那个家伙，而是那个那些年之前我在圣莫尼卡码头爱上的男孩。

我跳进了他的怀抱。他把我抱起来，转了一圈。我闻得出他身上海水的咸味。"我们真的应该一直待在沙滩上。"他说道。

那天晚上，我们煮了龙虾，坐在小屋的露台上蘸着黄油酱吃。除了他带的红酒，我还从纽约另外带来了四瓶白葡萄酒。我们依偎在一把椅子里喝掉了两瓶。我穿着他的运动衫——那还是件加大洛杉矶分校的旧运动衫，气味跟他一样。我记得当时在想，这就是我想要去的天堂——就是这个，就在这里。只有我们两个，还有黄油及落日——一切都变得流动、朦胧，金光熠熠。

"我们干吗要争吵？"他问我，"我们没必要。那真蠢。"他的脸蹭着我的脖颈。我感觉到他的鼻子在我的锁骨上轻轻擦着。

"我知道。"我说，"那很蠢。我只希望你开心，而有时我觉得你好像并不开心。"

"我很开心。"他说。

"嗯。"我坐直身体，两手放在他胸口。"可是有时我觉得你为了工作的事在责怪我。譬如说要是你留在加利福尼亚的话，现在你还会在给《名利场》拍照。"

"一派胡言。"他说道。可是我看得出，那不是胡说。他试图隐藏自己的语气。

"那不是。"我把他的脸转向我。我看着他的眼睛。"你是为了我回来的，但是要是你真的不想留在这里的话，那还是不够的。我爱你，可要是你不开心，那就毫无意义。"

十六

托比亚斯把我挪到他膝盖上。他把脸紧贴着我的脸,我看不到他的五官轮廓,只能看见他那块平滑的皮肤。"我曾经抱怨过这个状况。"他说道。他的声音低沉而粗粝——近乎在低语。"但是我再也不怪那个了。"

我的胸口上可以感觉到他的心跳,下巴上有他温暖的呼吸。"好的。"我说。

"我知道有点不公平。可我需要你原谅我。"

"托比亚斯。"

"好吗?"他问。虽说这不是个问题。

"当然。"我说。

我吻了他,他用双臂环住了我。他把我抱进了卧室。卧室的色调都是白色和蓝色,带有一点点大海泡沫的绿色。

我对此没有再去多想。我没有想过那意味着什么,他已经向我承认了。我只是思忖着他希望随它去这个事实。有那么一刻,他已经做出了决定,我们的未来比我们的过去更重要。事情就那么简单。

"我们就待在这儿吧。"他对我说。我们躺在床上,赤条条地,四肢像树根一样纠缠在一起。

"我们可以捕鱼为生。"我说。

"我会去学着打猎。"

我笑了。想到托比亚斯去打猎任何东西的样子就很有喜感。过去六个月里他没有吃过几次红肉——他认为我并没有发现这个现象,但我其实还是注意到了。他会把一本《杂食者的困境》扔在家里某个地方。他没有提起过,却慢慢地开始改变自己的饮食习惯。他不再订汉堡包——不把它当作主食。然而他开始购买素食的仿制肉,吃煎烤平顶蘑菇补充蛋白质。

"我去采集。海草啊,坚果啊,种子啊。我们可以用竹子盖个家。"

托比亚斯抬眼看着我。"盖个树堡?"

"冬暖夏凉。"我说。

"听上去很完美。"他说道。毯子下,他的手在我身上移动着。"就我们两个。"

我没有想过他的这个想法,可我本应该想想的。我们所有的幻想——他的和我的,我们的加起来——都是围绕着我们彼此独自运转的,是在某个其他人及这个世上所有那些政治和社会要求都无法触及我们的地方所运转的。当我们与世隔绝,不受干扰时,我们的关系是最佳的。在海滩,在我们的公寓,在关着窗户的卧室。我们的问题不在于我们两个在一起,而是我们身处这个俗世里——一个要求我们将现实需要与我们的浪漫调和起来的世界里。要是……该多好。我记得这样想过,尽管不能确定到底是什么。

晚上 10:17

"你想说点什么吗？"我问杰西卡。她在座位上动来动去叹着气，有那么一会儿了。那明显表示她对某件事有想法。

"你不在乎我的想法。"杰西卡说，"所以你干吗还要问呢？"

"那不对。"托比亚斯冲着我说，"我在乎。"

杰西卡吐了口气，朝他翻了翻眼珠。不过那是个友善的动作。我脑海里闪过有一次他们一起坐在起居室地上玩金拉米纸牌游戏，托比亚斯故意甩了下手让她赢。

罗伯特在专心喝着卡布奇诺。桌子另一边，康拉德和奥黛丽往前凑近彼此。

我张开嘴想说点什么，反驳她，告诉她我当然想知道，可是我考虑着她所说的话。我不在乎，只有托比亚斯和我在一起的时候才不在乎。我感受到了压力，然后有点恼怒——混合着她打破了我们之间的协定带来的痛苦。做一辈子的朋友。不成功便成仁。我也想走上跟她一样的生活之路，但我也知道托比亚斯还没为那种现实生活做好准备。也许我是因为她拥有了那种生活而憎恨她。

"我也在乎。"我告诉她。

杰西卡叹了口气。她把几丝头发捋到耳朵后。"你们两个都认为自己更爱对方。"

说老实话，我的确是那么觉得的。是我去寻找的他。我买下了那幅照片。我紧紧地抓住我们，好像我们是某种指路明灯。后来，等事情变得不稳定起来，我就成了那个在蛋壳上行走的人：我做出让步，我踮着脚尖在卧室里走，我去付房租，还得低声细语。

"也许是那样的。"托比亚斯说道。这让人很惊讶。我没料到他会用这么宽泛的说法来承认我们关系中的不平衡。

"我更爱你。"我说，"我不怪你——我选择了那个角色——可那是我。园丁，还记得吗？"我努力挤出一丝微笑来。

托比亚斯用一只手撸了下自己的脸。他脖子上的肌肉缩紧了。整个晚上，这是我第一次看出来他很恼怒——甚至是生气了。可那就像古龙水的香味一样很快就飘走了。

"事实上，你那么想的话就说明并非如此。"托比亚斯说道，"你并没有更爱我。这么说的话，我更爱你。我放弃了自己的工作回来找你。你从未完全接受我。你总是有个逃离的计划。"

他话音中那种熟悉的企图让我感到很难受。那种语气跟那些两人闹别扭的早晨他说话时的语气一模一样。杰西卡在我身边点着头，让我的不满与他不谋而合。

"看见没？"杰西卡说，"你们两人都开始对你们认为为对方牺牲的东西恨起来了吧。那种憎恨占据了所有的空间——并把每一样美好的东西都挤了出去。真是不忍直视。"

托比亚斯摇着头。"我太希望你能幸福了,萨比。有时候觉得根本就做不到。"

"我也觉得很难。"我说。我感到很笨拙,受到了挑衅——这可不应该是现在发生的啊。这不是我们要回归的方式。

"这么说你们爱彼此爱得太过头了。"罗伯特说,"那可能吗?假如你们相爱的话,难道甚至还会有像衡量爱多爱少的尺码那样的东西吗?"

我思索着这话。我从来没有认为我对托比亚斯的爱有界限,有限度,有个量化的数额。我的爱是无穷无尽的。而且我相信自己对爱毫无选择。我们曾经重新找到了彼此——在纽约市!——排除万难。除了两个人在一起之外,我们的故事不可能有其他结局——即便有时这让我们两个很悲惨。

"认为自己爱得更多的人往往认为自己付出得也更多。"杰西卡说。她的语气里带有那种萎靡而权威的味道,令我怀想起我们早些年的时候。"而那会导致憎恨。"

"别说废话。"康拉德说道。

我们全都转身看着他,感到很吃惊。康拉德一整晚都没说过脏话。

"这些事情并非完美无缺。"康拉德说,"遇见我妻子那时,我正倒霉透顶。我刚刚被参加工作的第一所大学解雇。我身无分文。我不确定是否还能再教书。"

"出了什么事?"奥黛丽问。她的语气令人窒息,她的手在他上臂抚摩着。

"系里预算减少。相对而言我是入职不久的新人，因此是第一个被解雇的。那不是个人问题，可我看得很重。二十七岁，你懂得。"

奥黛丽点了点头。

"她在圣塔罗莎当地的图书馆工作。我去那里看资料并寻找工作机会。当然，那时候还没有互联网。我们只能依赖纸和笔。"

康拉德自己轻声笑了笑。"因为都喜欢福克纳和叶芝的作品，我们相爱了。只要看见我，她就会拿新书给我看。最后，她问我可不可以给我做顿饭。我那时看起来肯定是穷困潦倒。"

"你住在哪里？"杰西卡问。

"老经济公寓。"康拉德说，"一张床，一个洗脸盆。我实在是不好意思，都不敢带她去那儿，因此我提议到公园去野餐。"

"真可爱。"奥黛丽说道。她的两眼睁得大大的。

"她带着一篮子的奶酪和自己做的馅饼来了。那是迄今为止我吃过的最美味的东西。野餐后她带我去了她的住处。她在城市外围有间自己的公寓，我在那里住了两年，打打零工，直到在另一所大学找到个教职。那两年里，她用图书馆工作的薪水支付我们的账单。我永远无法回报她。"

康拉德的目光往下看去。我意识到了一整晚上一直在盯着我看的是什么。

"后来她怎么了？"我轻柔地问道。

康拉德目光锐利地看着我。"得了早老性老年痴呆症。"他回答说，"大约五年前去世了。"

晚上 10:17

罗伯特插了进来。"真对不起。"他说,"那一定非常痛苦。"

"得了这病后,她不希望活很久。诊断结果出来后她就要我答应她。"

"我们都不知道。"奥黛丽说,"哦,天哪。我感到太抱歉了。"她拍了拍他的手臂。刚才她的手一直搭着那儿。现在没有了。

"她几岁走的?"杰西卡问。

"六十四。"康拉德说,"走得太早了。"

"的确太早了。"杰西卡表示同意。

我的喉咙堵得慌,要是呼吸太深的话,我恐怕自己就要哭出来了。这个男人。这个男人整个晚上都坐在这里,倾听,付出,提议,一直很耐心。而他也曾经失去过某人。我们所织起的网,我们所有人的网——那些不在这里但本应该在这里的人组成的网——让我的双手颤抖起来。

*我们在这里,跟你在一起。*托比亚斯曾这样说过。可我现在理解了。那种意义。他们所有人都在做出多么大的牺牲啊。

"我们两个都爱得更多。"康拉德说,"我们只是轮流接受那些爱。"

我看向托比亚斯。*爱是一种心态。*

"你一定非常非常想念她。"我对康拉德说。

他点点头。接下来他做了件很古怪的事。他朝我眨了眨眼。"然而,"他说道,径直对着桌子这边,感觉好像在用餐的人里面只有我们两个。"心跳还在继续。"

十七

在海滨的第一夜迎来了早晨,我们早早醒来,依旧沉浸在爱情、红酒和性爱的晕眩中。我们开着马蒂的车去了阿马甘西特。因为太早了,街道上几乎空无一人,我们很容易就找到了停车位。唯一已经起来并在外面的人是带着他们的小孩的家长,大概是为了让他们的伴侣继续多睡会吧。小孩骑着三轮自行车在路上晃晃悠悠地行进着,后面那个用来平衡的轮子碰撞着地面。穿着跑步服的一男一女说着话从我们身边跑过。

我们在杰克咖啡馆喝了咖啡,吃了松饼,然后走到海滩。天还早,大概七点的样子。我身上依然穿着托比亚斯的运动服。除了几个早起跑步的人和两个练瑜伽的女子,整个海滩都是我们的。带着咸味的空气很清凉,咖啡很暖和,沙子很湿润。我把牛仔裤管卷到脚踝,然后我们决定随意漫步。

"我很开心我们来了这里。"我说,"这儿就像是天堂。"

整个海滩雾气蒙蒙,灰扑扑的——如同冬季坐在壁炉前喝着红酒一样让人感到惬意。我是在加利福尼亚长大的,对我来说,那儿没有什么跟东部海滨的沙滩一样的地方。沿着岸边走着,我

十七

有种感觉,要是我把一只瓶子扔进海里,它会不停地流动,直到抵达终点。从岸边看去,一切都是那么宽阔、开放、平静——这正是那一刻我所感觉到的我们俩。在那里,已经开始给我们带来压力的生活的琐碎根本不存在。没有闹钟铃声,没有彼此不容的安排,没有平庸的工作。

"我们出来了,我也很高兴。"托比亚斯说。他把我拉进怀里,在我脸颊上吻了一下。

"到冬天我们还应该再来。我打赌那时这里一个人都没有。"

"嘘,"托比亚斯说,"现在我们不要想别的。"

他拉住我的手。他的手指因为拿过咖啡杯而很暖和,我把手指拢住了他的手指。我们就那样走着,几乎没说话,走了有半个小时。大海有种令人沉思的魔性——浪花的撞击既令人感觉充满力量,同时又让人平静下来。

托比亚斯跪下来时,我以为他是绊倒了。

我伸出手想拉他起来。我的目光还望着大海。直到我听见他说我的名字我才回过神来,并发现他正跪着。

他脸上露出那种微笑——灿烂的笑容,带着一丝淘气。"嘿,萨比。我想求你件事。"

"不行。"我说道,尽管我的感觉正恰恰相反。我的全部——我身体的每个细胞——都充满了喜悦,想说好的。

"我爱你。就那么简单,也那么复杂。这个世界上再没有别的适合我的人了。你就是那个人。"

"你在开玩笑吧。"我说,"别说了。快起来。"我难以置信。

那是种超现实的感觉——就好像我们身处一幅水彩画中,任何时候都可能被冲洗掉。

"我没开玩笑。"托比亚斯抬头看着我。我看到了那个男孩,那个那么些年以前,我在一个完全不同的大洋彼岸边的一个非常不同的海滩上遇到的男孩。"萨布丽娜,你愿意嫁给我吗?"

海水在我们旁边冲刷着岸边,我记得自己想着要尖声叫喊出我的回答。我想跟海水那狂野的力量比拼。但是我同样记得一年以前我们的对话,以及托比亚斯对婚姻的拒绝。

"你确定吗?"我问。有那么一会儿,我试着要阻止我们继续下去。我不希望结婚这事是因为我。我希望那是因为他。我希望是他要结婚。

托比亚斯微笑着。那微笑已经近乎要大笑了。"我在向你求婚,而你在问我是否确定。"

"是的。"我说。

"嗯,现在,那有点棘手了。是的,你在问我是否确定或者——"

"我愿意。"我打断他,再次说道。

他把我拉到沙滩上,吻了我。求婚戒指都没有,我甚至都没注意到这个。

我们回到小屋里,喝了冰过的香槟。天开始下起雨来。我们把床上的被子拿到双人沙发上,然后看了我们第一次在一起看的电影——《罗马假日》。托比亚斯下载在自己的电脑上,然后用电缆连接到电视上播放。

托比亚斯已经在格里尔烧烤店预订了座位——那是东汉普顿

十七

的一家高档饭店——不过后来我们还是取消了预订。我们吃了房间里免费提供的酸奶油洋葱味的薯片,喝了托比亚斯带来的红酒。

我们并没有忙乱地给父母打电话报信或者在 Instagram 上发照片和帖子。在那片东海岸的沙滩上,最重要的一切便是我们,以及我们刚刚对彼此许下的承诺。相爱到永远。

晚上 10:28

康拉德和奥黛丽之间发生了什么故事。我们还在等甜品上来，但他们已经转身彼此对坐着，在过去的三分钟里，没有跟餐桌上的其他人交流过。他给她的杯子续上水，然后，又夸张地捡起她掉在地上的餐巾。其余的人已经停下聊天，看着他们俩，好像在看一部电影的第三场。

"这样子结果不会好的。"杰西卡对我低语说。

"怎么会呢？"我问。

杰西卡看看我，好像我是个怪人。"记得吗？她早就死了。"

我想到了康拉德的妻子，想着过去的这些年他一直形单影只，为了能跟她一起来参加晚餐，他可能会不惜一切代价。然而他还说过这句话：心跳还在继续。

康拉德侧过去，在奥黛丽耳边低声说了什么。她笑起来，一只手优雅地放在心口上。

"打搅两位，"杰西卡对他们说，"什么事这么好玩？"

奥黛丽似乎猝不及防，就好像有一瞬间她忘记了自己身处何地。"噢，"她说，"噢，不好意思。康拉德刚才在跟我讲一个戏剧

晚上 10:28

界的轶事逗我开心。"

"我肯定大家也都想听听。"杰西卡说。她在逗他们,不过托比亚斯跟我可能是唯一注意到的人。

"瞎说。我们是在座人中的老派了。只不过是回忆一下过去而已。"康拉德说道。

"我断定,"奥黛丽说,"我觉得要是现在的话我自己是没法活下去的。这些手机——人人都在埋头看它们。"

"跟我讲讲吧。"罗伯特说,"我的女儿们是不会放下手机的。我以前也不喜欢手机,不过我知道我妻子现在很喜爱。她不跟她们在一起时,她会——"他把手放在自己面前,做出好像在对着手说话的样子。

"视频通话?"托比亚斯接口道。

"没错。跟婴儿视频。"

"你是怎么知道的?"我问,"他出生前你就已经去世了。"

"我会关心查看。"罗伯特差不多是怯怯地说道,"我也关心过你。"

我朝托比亚斯看了看。

"是的。"他说。

我张了张嘴,然后又闭上了。此时奥黛丽的肩膀正碰着康拉德的。他们两个都一动不动。

"只跟你爱的人?"

"当然。"奥黛丽说,"虽说随着你进展……你做得越来越少了。有必要继续进行下去,即便在那个世界。"

她盯住我看着她的目光。我移开了眼光。"你希望自己还活在这里吗？"我问她，"你会希望活着吗？"

奥黛丽瞥了康拉德一眼。"这个问题很难回答。"她说，"活着的话我很老了。"

"你曾希望自己可以活久些吗？"我问。

"那样的话我可以为联合国儿童基金会多做些事。"她说道，"我很喜欢最后那些年里跟他们一起工作，我会想要做更多的事。当然了，还有孩子们。"

我忍不住想这个并没有真正回答我的问题，我可以看出来，奥黛丽也知道。

"你不会想念那些的，要是你问的是这个的话。"她说，"生活非常艰难。而这些并不。"

"她说得对。"罗伯特说，"实际上，那就像最甜美的星期日。"

要是我事先知道，要是我事先准备好，要是托比亚斯没坐在我旁边，时间没曾从沙漏里流失，我会有很多问题要问。我希望知道你死去的时候发生了什么，你是不是在经过一个隧道，那里有没有交通信号灯。我想要知道你在那边能不能跟别人一起外出打发时间，你是否见得到你再次失去的人——以及要转世轮回是什么样的——但是靠一顿晚餐我们所能达成的东西只有这些了，而这次的优先事项很早就设定好了。

"那太迷人了。"康拉德说道。他拍了拍她的手臂，她脸红了。

"你会看到的。"她用那种标志性的令人难以喘息的嗓音低声说道。那嗓音令她那么出名。一桌人都安静了下来。连托比亚斯

晚上 10:28

都好像身不由己地看着她。

"你呢?"康拉德问托比亚斯,"你说过那里很不一样。"

"实际上,是我说的。"奥黛丽说道。

"可那是真的吗?"康拉德问。

"是的,"托比亚斯说,"那是真的。"

"为什么?"

托比亚斯看着我。"我想我还处在两个世界中间。"他说,"我很希望这顿晚餐会把有些事情理清楚。"

"这种情况很普遍吗?"康拉德问。

"我不知道。"托比亚斯说,"我认为不是这样的。"

我再一次感觉到了希望的火花。他还没完全走掉。还没有。事实上,当他承认后我觉得比以往更接近去把他带回来了。

在我边上,杰西卡一言不发。她低头看着自己的茶杯。实际上,我看见她在哭。

"杰丝,"我说,"怎么啦?"

"你觉得她会关注道格拉斯吗?"她问我,"她没有……"她说不下去了。我自然而然地被她提醒想起她母亲来。想起带走了她生命的癌症。想起了她的缺席。缺席了杰西卡的毕业典礼、杰西卡的婚礼、她孩子的出生。要是跟她一起用一次晚餐,她会不去做什么呢?要是有一个夜晚去告诉她所发生的一切,以及所有那些不公平的事情呢?在她在场的时候坐着,触摸着,注视着,然后哀悼?

"她会的,"我说,"当然会。"

就是这种领悟——这顿晚餐，不论它像不像顿晚餐，都是运气、命定，以及一笔财富——让我想到了罗伯特。

"我曾试过去找你。"我告诉他。他的头飞速地从奥黛丽那个方向转向我，快过滴落的一滴水珠。"我发现你在加利福尼亚。我甚至都去过你的房子，但我连门都没去敲。"

"什么时候？"罗伯特问。

"也许，在我十六岁时吧。"我说，"我借了妈妈的车，车子停在车道上。我坐在车子里时，妈妈给我打了个电话。我不记得电话里说的事了。也许问我什么时候回家或晚饭我想吃什么之类。不过我跟她一通完话就开车掉头离开了。"

罗伯特垂下头，又点了点头。"我理解。"

"那种感觉就像是背叛。"我说，"对不起，我但愿自己进了屋子。"

"你母亲？"康拉德问。

我点头。

"她希望你能够进去的。"奥黛丽说道。她身体前倾，胳膊肘撑在桌子上——整个晚上她都没用过这个姿势。"她现在也许不知道，但她会明白的。那些琐碎的事……"

"这并非小事。"杰西卡略带点戒心地说，"他离开了他们。萨布丽娜的母亲把她抚养长大。"

"我想你跟我们说过是她要他离开的。"康拉德说。

"她没得选择。"杰西卡怼了回去。

我对杰西卡拥有一丝浓烈的爱，我记得她有多爱我妈妈。每

晚上 10:28

次我妈妈把爱心包裹寄到我们公寓时,上面总是写着给"姑娘们"。每当她到城里来,我们三个就会出去吃饭。每年她都会给杰西卡买生日礼物。她知道杰西卡的妈妈已经去世了,于是她自己悄悄地替代了那个角色,不管是不是附带的,只要她能够就会去做。

"那当然了。"奥黛丽说。她仍然朝前坐着。"这些事情并非互相排斥。他的确离家了。然而现在他就在这里。而萨布丽娜的母亲会希望她原谅他的。"

"哦,"罗伯特说,"我不——"

"你知道的。"奥黛丽说,"所以你在这里。"

我看看康拉德。他直接盯着我。"她说得对吗?"他说。

我想着我的父亲,还有坐在我旁边的托比亚斯。想着我生命中的这些男人都未能满足实现我对他们的需要。但是我告诉托比亚斯我不会跟他待在一起。是不是我也有责任?

我看向奥黛丽。我看到了此前从未见过的一种力量——今晚没有,我在屏幕上看她的电影的所有那些岁月中也没有。她的五官、她的声音、她的身体,总是像小鸟一般,天生那么雅致、那么复杂,以至于那种简单的力量似乎从来都与她不相匹配。然而我看到她坐在这里,浑身闪耀着王室般的荣耀。她高大而自信——她主导了这整个房间。

"她说得当然对。"我说道,依然看着她。

"原谅。"康拉德又重复了一遍,好像那是他手里在转动着的一块石头。"与其说是为了接受者,不如说更是为了给予者。"

"首先，我得告诉你些事情。"罗伯特说，"或许可以改变你的基调。"

"说下去。"康拉德说，"时间都浪费掉了。"

"我跟你讲过的那件事？关于你妈妈流产的那个孩子？"

"是吗？"

"流产并不是自然原因引起的。你母亲遇到了车祸。"

"哦，天哪。"康拉德说，"可怜的女人。"

杰西卡在我边上皱着眉。我用不着听完下面的话就知道接下来是什么。

"我在开车。"罗伯特说。他看着我，他的眼睛里充满了痛苦。我很仓促地想到了关于来世的许诺——免于痛苦。

"我喝醉了。我们到新希望餐馆去吃的晚饭，我开车带大家回家。我红酒喝多了。你母亲曾要求她来开车，但我跟她说我没事——你知道，她怀着孕。我不希望增加她的负担。"罗伯特把拳头放到嘴边，"我们打算给孩子取名伊莎贝拉。"

"漂亮的名字。"奥黛丽说。

罗伯特朝她送去一个微微的笑，悲伤的笑。

"我造成了那一切。"罗伯特说，"我没指望你原谅我。我不配。"

我想到了杰西卡的妈妈，还有康拉德的妻子。我得到的这个奇怪的机会。

"你配。"我说道。我的手在大腿上发抖。"我们两个都配。"

十八

"托比亚斯向你求婚了？！"在回纽约的火车上我给杰西卡打了电话。托比亚斯还要在蒙托克再待五天完成拍摄工作。我告诉她时，她尖叫了起来，然后要我澄清了三遍。"给我详细道来。"

我努力想着上一次杰西卡见到托比亚斯是什么时候。我记不得了。也许是冬天，在他们办的圣诞聚会上？她和苏米尔在他们新装修完的房子里办了个聚会，我们去了。她陪着我们把家里转了个遍，不停地说着需要改进的地方，他们那几位叫格蕾丝、斯蒂夫和吉尔的朋友则跟在我们后面。她是在哪里认识的他们，我毫无印象。在食品杂货店？在康涅狄格州，人们生小孩前会在哪里认识朋友呢？

"这里，"杰西卡说，"等我把那些衣服处理出去以后，就是苏米尔的办公室。"我们从主卧顺着过道来到一间小房间。房间只有一扇很小的窗户，还有一只吊扇。

"一间办公室，嚯嚯。"吉尔说着咯咯地笑了。杰西卡的手放在屁股上，像个小姑娘似的摇了摇头，那种样子是姐妹会姑娘和二十世纪五十年代电视节目里的妇女常做的。一个活宝。我记得那时在想。

那些朋友中的一个——应该是格蕾丝吧——问起了我们。"你们结婚了吗？"

"没有。"杰西卡代替我回答道，口气有点过于激烈。"他们反对婚姻。"

"我们反对？"托比亚斯说道。他的手臂放松地搭在我肩膀上，他把我拉到他边上。

"我们肯定反对离婚。"我说道。

"没错！"托比亚斯大声说道，"那个才是。"

杰西卡转了转眼珠。"你们是孩子。"她说。我当时不理解她那么说的意思是什么，可是此刻，在电话里，我可以听得出她的欢愉，还有别的什么东西——如释重负。我终于做了她希望我做的事。也许，只是也许，我们最终殊途同归。

"我们到海滨去了。"我告诉她，"早上我们去散步。很早，七点的样子吧。他单膝下跪，要我嫁给他。"

坐在我旁边的一名戴棒球帽的男子拿出自己的耳塞，在重新放回耳朵里前狠狠地看了我一眼。我放低了声音。

"他怎么说的？"杰西卡催着我说，"这里我要你说得很具体。"

"他说他爱我，问我是否愿意嫁给他。"我说，"很简单。"

"噢，我的老天。"杰西卡重复说了好几遍，"你说愿意了吗？"

对别的人来说，这简直就是个可以脱口而出的问题——甚至是个玩笑。但是杰西卡问出来的话，我知道那不是随便问的，至少不完全是。我犹豫了。我可以感觉到内心的一股愤怒。那就好

十八

像是她问了：你真的要去完成结婚这件事吗？或是你终于承认你并没有与众不同，你跟别人都一样的吗？

"我当然说了愿意。"我尽量让声音保持平稳。

电话那头停顿了一下。接着她说："我为你感到高兴。我们什么时候开始为婚礼做准备？"

托比亚斯和我还没提到过婚礼的事。我们整个周末都在床上度过，谈论着我们希望去哪里旅行，给公寓添置些什么东西——去中国，给卧室买窗帘。我们没有提到是在夏天还是冬天结婚，到教堂或者在户外举行婚礼。我甚至想都没想到要提起这事。

"我不知道。"我说，"事情就那么发生了。"

"好吧，那么，立刻把求婚戒指拍照片短信发给我。"

第二击。没有戒指。托比亚斯说过求婚是即兴做的。"不过当然，我一直在想着这事。"他说，"我希望跟你共度一生，你知道的。我不是心血来潮。"然而不管怎样，他没买戒指。反正那时候他手头也没有现钱。

"我们还要去挑。"我撒了谎。这已经不是我第一次对杰西卡撒谎了，但也许是我第一次帮托比亚斯对她撒谎。我感觉这个谎有点大。那是关于我们的，托比亚斯和我的，未来的谎。这个谎——关于我们的婚礼，事实证明，这确实是我渴望已久的一次婚姻——我感觉自己像是要不停地撒下去。我们全部的未来将会一半是事实一半是剪辑加工过的。那个周末我所有的亢奋一下子沉入心底，转为担心。它就像变质的生蚝那样在胃里折腾。

我回到家。门上贴着管理员留的纸条。明天下午三点有人要来检查排水管道——问我是否在家里。

我把包扔在门边，重重地坐到我们的椅子里——那张从切尔西的公寓搬过来的椅子。我考虑过给妈妈打电话，可她也会问起跟杰西卡问的一样的细节，而我却都没有。我在海滨跟托比亚斯一起所体会到的幸福因为跟杰西卡的通话而像个气球一样被戳爆了——我不想再来上一遍。

我给托比亚斯打了个电话。

"嘿，"他说，"都还顺利吧？我不能多说话。"

我听到他周围人们在干活拍摄的声音。"当然，"我说，"是的。"

"萨比，有什么事吗？"

"这个周末我们一次都没有讨论过婚礼的事情，你觉得是不是不太好？"

他顿了下。我可以听到空气从他嘴里进出的声音——吸进来，吐出去，吸进来，吐出去。"你当真的吗？"

"没有。"我说，"是的。也许。"

"听我说，我得去干活了。"他听上去有些恼火。不对，他听起来很失望。就像是觉得我原来跟其他人没什么两样——咯咯地傻笑，戴着薄纱，手捧满天星，扎着粉色丝带。他的话让我感到很不舒服。

"好吧，对不起。干活开心。"

"我们没事吧？"他问我。

"很好。"我说。

十八

他挂掉电话。

我跟杰西卡的通话带来的不安渐渐变为生气。尽管我试图佯装自己对于杰西卡对我生活的反对无动于衷,但我的这种态度经常毫无效果,因为它还是困扰了我。我希望她像以前那样来理解我。我希望她可以取笑贝丝和吉尔而不是让我成为她们。我希望在有人提议把苏米尔的办公室房间改成婴儿房时她可以翻翻眼珠——因为,婴儿,当真?难道我们不是曾经对生孩子这事不寒而栗的吗?难道我们不是曾经大笑着说我们永远不能放弃喝酒和睡觉的吗?我们以前是那样的,对不对?

仿佛她曾经相信过的一切事物,她指派给这个宇宙的深刻真理,如今都成了小女孩的想象或者可笑的梦幻而已,而她则已足够成熟,不再抱有它们。而荒唐的是,我们连三十岁都还没到。这可是纽约。三十岁以前生的孩子是引起关注而非值得庆贺的原因。没人二十五岁就结婚的。她则是挑选了一条不同的路径,必须进入另一个状态,这样就会有人理解她的人生选择。这可不是我的过错,这是她的错。

我在我们小小的公寓里坐在椅子上开始整理思绪。她老是那么苛刻地来评判我的生活。我订婚了,可那还是不够好。我怎么样都不够好。

然后我给她打了个电话。我想冲她大吼,告诉她我再也不想这么做了,我再也不要知道自己曾经做错过什么,我讨厌这种伪装的友谊,她再也不是那个我选定要喜爱的人了,因为她觉得我没有跟她一起成长——我不会……什么?搬到郊区去?然后就在隔壁生个孩子？——我很难过，很生气，她已经离开了，她那么欣然、轻而易举而又高高兴兴地抛开了我们曾经的一切——但是她的应答留言又引起了我的注意。你好，我是杰西卡·贝蒂。请留言，我会尽快给你回复。谢谢！拜拜！

  我挂了电话。杰西卡甚至连名字都改掉了。以前她叫杰西卡·柯克，现在她叫杰西卡·贝蒂。我将她的评判跟自己的比对起来，慢慢地我感到自己更伟大，更高尚。她所希望谈论的只有婴儿啊，扔枕头啊，还有她给自己家餐厅（她有一间餐厅！）挑选的蛋壳漆的色调是否太蓝了之类。可她甚至都还没怀孕。我跟自己解释说，她已经把自己出卖了，对我还在这里，还待在这座城市里感到嫉妒。我无视了这样一个事实，就是杰西卡从来就没有梦想过当一名纽约人。她一直想要苏米尔，就跟我一直想要托比亚斯那样。我们各自的现实生活现在如此格格不入，这是谁的过错？

  我记得过了一小时后她给我回了电话。我接通了。她听起来很疲惫，就像刚刚睡醒。"抱歉我没听到你的电话。"她说，"有什么事？"

  "没事。"我说，"我不小心碰到你的号码了。"

晚上 10:35

"你几乎都没说什么话。"杰西卡对托比亚斯说。我感觉到她的焦虑在不停地累积。那是从我坐下来开始的,尤其是在罗伯特做了忏悔,她为她母亲流泪之后。过去几分钟里,一桌人都在热切地盼着甜品上来,所以相对都保持着安静。可甜品还没来。

"我没有吗?"

杰西卡摇摇头。"是的,你没说过什么。你不停地对其他人说的话做出反应。我仍然不知道你对我们大家都是怎么想的。"

康拉德抬眼朝我看看。"你是个难对付的批评家,杰西卡。"他说道。

"保守说法。"托比亚斯说,不过他微笑着。

"那么,"奥黛丽说,"也许她是对的,托比亚斯。你对这一切都怎么看?"

"很奇怪。"

"那是自然。"杰西卡不耐烦地说。

"我感到很难过。"他说,"我难过,因为萨比很痛苦,而我不能或是没有帮上她,我死了。那真不妙。"

他抬眼看着我。我看见他的右眉毛耸了起来，仿佛他在索要一个微笑。我给了他一个。

"你是我生命中伟大的爱。"他说。他把一只手放在我脸上。他的手指尖感觉像是如释重负。

"这不是我的意思。"杰西卡说。

"杰丝，别说了。"我说。

"不，我要说。他已经死了，记得吗？"

有冷冰冰的东西在我的血管里散发开来。"是的。"我说。我感到一阵寒冷，把身上的套衫裹得更紧。"我正在努力搞清楚那事。"

"我希望托比亚斯像他旁边的家伙一样活过来。"杰西卡边说边懒散地对着康拉德做了个手势。

"谢谢。"托比亚斯对她说，"我想？"

"可是，"她说道，边抬起了自己的手。"要是假装你们两个一切都总是很完美的样子，我认为那是一种伤害。事情并不很好。有那么多事都是行不通的。你也知道这点。那就是为什么你不跟他去洛杉矶的原因。"

"你说得不对。"我说，"我有份工作，记不记得？我有自己的生活……"

"哦，得了吧！那不是因为你担心他会对你不忠，或者因为你父亲曾离家出走，或者因为你给出的所有那些狗屁理由。你只是不能肯定他是适合你的人而已。"

托比亚斯看着我，而杰西卡则继续说着。"很抱歉，萨比。可

晚上 10:35

是要是我们来处理这事的话，我们应该把它做好。这个故事不能只讲你那边的部分。"

"你说得不对。"我说。

"就是那样。"杰西卡说，"你知道他是个艺术家。你担心经济收入不稳定。你明白他把摄影看得高于一切。你就承认吧。"

"别说了，"托比亚斯说，他的双手在空中挥动着，这是整个晚上我所见到他最活跃的一次，"萨比知道她对我来说意味着什么。"

"她知道吗？"杰西卡问，"因为我坐在这里，在过了十年后，我依然不敢肯定。"杰西卡回头看着我，"你想要人们想要的。你希望结婚。你希望知道你有能力付房租。你希望某个人会出现。那不是犯罪。现在依然不是。"

我看向托比亚斯。我一下子感到很难为情——我被曝光了。像这样的交谈应该是私下进行的。不应该当着罗伯特、康拉德和奥黛丽·赫本的面进行。

"那是真的吗？"托比亚斯问。

"有时候。"我用仅仅比窃窃私语略微高一点的声音说道，因为我也只能说这些了。"我没法确定我们可以一路走到一起。"

托比亚斯看上去极为震惊。那让我想哭起来。

"我需要你知道，对我来说，你总是已经足够了。"他说。他咽了口口水。"现在。今晚。"

"不一定非得今晚。"我说，"我……"

"你是有多么妄想啊？"杰西卡说。她抬高了嗓音，差不多是在高声叫喊了。有几个还在慢吞吞用餐的人甚至看了过来。"你不会把他找回来的！你搞不定的，你也知道这点。我不能坐在边上，继续让你自欺欺人。要么承担责任，要么放弃。不过过了今晚，你依旧还是独自一人。"

她的话像利齿一般撕裂着我。我觉得自己身体内的空气被人抽干了。

"杰西卡，"托比亚斯插嘴说，"别说了，够了。"

杰西卡看看托比亚斯。我发誓自己觉得她会从我身上跳过去用拳头揍他。

"对不起。"托比亚斯继续说道，"我从没向你道过歉。从洛杉矶回来后，我确定要把那些点点滴滴再收拾起来很不容易。"

"这些说辞也太省事了吧。"杰西卡说。她的语气很尖刻。"伤心的年轻艺术家需要离开去寻找自己的位置，而每晚哭着入睡的女子在思念他。你们可不是小说里的角色。你们是人类。可你们两个就是谁他妈都不肯承认。"

"你是名艺术家？我以为你是位摄影师。"康拉德说道，打破了紧张的气氛。

"那是一个类别而已！"杰西卡厉声道。她越来越激动了。

托比亚斯把一只手放在额头上不动。"我不知道你要我们说什么。"

"说点什么！"杰西卡说，"任何东西。你听见罗伯特说的话了。"她用头朝着他示意了一下，"我们就只有这么一个晚上。你想回到过去重复每一个细节，还是想试试帮萨比继续前进？"

晚上 10:35

"不。"我说,"别帮我继续前进。"她在带偏我们。我得把船扳正航向。

这时候我们的甜点上来了。服务生端着一只托盘过来,开始把东西摆上桌。蛋奶酥,冰淇淋,还有一份免费赠送的冰沙。他问我们是否还要点别的什么,没有人回应他,于是奥黛丽礼貌地挥手让他离开。

我说的话大家还听在耳里。我感觉杰西卡坐在我边上很紧张。其他人都看着托比亚斯。

他朝我挪了下身体,我以为他又要来抓我的手——我希望他再来抓我的手——但是他吻了我。他把一只手用力放在我的一边脸上,就靠在我耳朵上,他的嘴唇在我的嘴唇上。他的嘴唇很凉——如同他刚刚喝了一口冰水。可是很快那种奇妙的感觉就被一种折叠感所取代。那种折叠感十分强烈,就像是崩塌一般。那就好像我被吸进了一个漩涡,来到了一个空间,那个空间便是他。他不在那里。那就是他。然后便成了我们。我们单独在一起,在某个悬浮着的地方。然后,就在那时,我意识到崩塌的根本不是空间而是时间。这次,此刻,他还活着,我们依然在一起。没有分开。没有以前或者以后。只有我们两个,在圣莫尼卡的海滩上,在我们的公寓里,我们在跟马蒂玩拼字游戏,跟杰西卡一起做饭。回忆在每个人的身上高高地堆叠起来,那一刻延展开来,很大,将他们全部覆盖住。

十九

一个月后我们买了枚戒指。那是九月下旬一个星期六的下午，我们去了市中心。周围很安静。天气仍然很好。在上东区那边，人们充分利用这个额外出现的温暖周末外出到东区去了。感觉整个派克大道都归我们两个了——某种程度上这仿佛正是我们所盼望的。我们刚从古根海姆博物馆出来。那里在举办一个爱德华·霍珀的回顾展，正是托比亚斯希望去看的。看完展览后我们决定去闲逛。我们可能是在塞拉菲纳餐厅吃的午饭，或许是在莫瑞小店随便买了几个贝果对付了下，但那一刻我们就么走着。那是个晴朗无云的午后，阳光晒在皮肤上有点刺热但又没到那个程度。马路上还是有不少车。我们两个都戴着帽子。真是无敌了。

我们十指相扣，我记得还朝下看了看手指。只有皮肤。没有戴着金属的乃至塑料的东西。过去一个月里，我们根本就没有谈过婚礼的事。实际上，我们只跟几个核心朋友和家人说过这件事——比如同事肯德拉、我妈妈等。神奇的是，我妈妈什么都没问。我暗暗怀疑杰西卡先告诉了她——我们根本就没提起订婚的事。我开始觉得这件事就好像从来没发生过一样。

十九

"我觉得我们需要枚戒指。"我说。托比亚斯正朝一条法国牛头犬看着,那条狗的主人解下了狗绳。我看得出来他没听见我说的话。

"托比亚斯。"我说道。他转过头看着我。"我们已经订婚了。我们应该买枚戒指。"

我对他会有什么反应心里没底。几周前我提起这事时,他在电话里显得非常恼怒,故而我不希望再出现那种情况。但是我又开始觉得,要是我不提戒指的事,就没有人会去提,我们就会忘了这事,订婚一事也就会算是从未有过。

"好的。"他说,"你想要什么样的?"

我把我们仍然牵着的手绕着我摇动起来。我投进他的怀里,在他脸上吻了下。"我不知道。我只是知道我要点什么。"

我其实都没有想过它。我不是那种梦想着要戴个大钻戒的女孩。即使我们买得起(当然我们买不起),那也不是我要的。我认为也许一枚彩色宝石戒指——紫水晶或红宝石的就行。那种颜色深邃、看上去古朴的戒指。

"跟我来。"托比亚斯说着,拉着我往前走。"我知道个地方,我们可以去那里找一找。"

我们一路走到第七十一大街,然后左拐。在第一和第二大道之间有家很小的古玩店。托比亚斯从没带我来过,但他以前曾经提起过,他偶尔会来看看。我第一次在纽约见到他时,他曾经把一只旧的皮公文包卖给这家店,那时他急需要几百块钱。我猜想现在他还缺钱,只不过我不再去想他还在典当东西罢了。

那家古玩店位于一个朴素的街区的一栋褐色砂石老房子的楼梯下面。店主是位叫作英格丽德的老太太,看上去七十多岁了。我们按了门铃,她开门让我们进去。她吻了托比亚斯两下——两边脸颊上各一次。看到他她似乎很高兴,不过并不吃惊。

"帅哥,"她说着,把他拉到一臂远的地方。"还带着坏坏的味道。"

托比亚斯笑了。"英格丽德,这是萨布丽娜。萨布丽娜,这是英格丽德。"他朝她靠过去,仿佛正在揭开一个秘密。"萨布丽娜是我的未婚妻。"

英格丽德睁大了眼睛,两手交叉紧握在一起,向我看过来。我跟在后面,让他们俩有点空间可以交流,可是英格丽德朝我伸过手来,于是我往前走过去。

"你,"她拍了拍我的手对我说,"是个迷人的姑娘。"

我摇了摇头。我可以感觉到托比亚斯的手搂住了我的腰。"她是的。"他说,"我很幸运。"他在我衬衫下竖起了大拇指,"现在我们需要一枚戒指。"

自打他求婚以来,这是我们谈起订婚说得最多的一次。我感到有点晕眩,快活。就如同我所需要的一切都在七十一大街上的那家小店里了。包括英格丽德在内。

"我们来看看。"她说。她拉住了我的一只手,她的另一只手则拿住了挂在脖子上的眼镜,然后戴好。我靠得她越近,就越能闻到她的味道——那种我从未曾遭遇过的最令人头晕、最甜蜜的香草味香水。

十九

英格丽德往下看了看我的手。"漂亮。"她说,"非常纤细修长。"她拉起我的一根手指,轻轻地扭着,好像在检测它一样,好像她试图要找到一根松垮垮的手指。"跟我来。"

店里没有任何其他客人,英格丽德带着我们走进了另一间店室。里面放着一排排的外衣——大部分是干巴巴的毛皮。为了掩饰咳嗽,我清了清嗓子。

"就是这里了。"英格丽德走到一个玻璃柜后面,从口袋里掏出几把钥匙,然后打开了玻璃柜。她伸手进去,从里面拿出来一个天鹅绒托盘,上面放着几排戒指。"选一个。"她说。

粗看之下,那些戒指看上去都像古董——甚至有维多利亚风格的——但是,当我仔细看过之后,我开始发现它们是不同时期和不同风格的。里面还有几枚钻石戒指,尽管钻石都很小。还有一大串线戒。有密镶钻石和蓝宝石的,还有一枚白金、黄金混合的细线戒。

"都很漂亮。"我说道。

"这些都是很多幸福的婚姻。"英格丽德对我说,"我检查过那些戒指的来历,要搞清它们代表的婚姻是否幸福。要是幸福的呢,我就收下来。没有一枚是离婚的。"

我一直在思考着她所说话里的那种不合理性——要是那些人很幸福,他们为何要把戒指卖掉呢?他们难道都已经去世了吗?如果是这样的话,你怎么能确定那些婚姻是幸福的呢?

托比亚斯笑了起来。此刻他的手搁在我肩膀上,开始揉捏着。我突然希望所有这一切都可以被录下来——那样今晚、明年乃至十年以后我都能重新播放观看。

"那个怎么样？"我指着上面镶嵌着三颗细小祖母绿的金戒指问。

"不，不。"英格丽德说。她摇了摇头。"你适合戴更传统些的。"

"哦，"我说，"我并不真的……"我抬头看着托比亚斯，"我没有那么传统。"

"没有吗？"她问道。她盯着我看了一会儿。"这个。试试这枚。"

英格丽德递给我一枚白金戒指，戒指上有一小粒钻石，四周镶着黄水晶。这是迄今为止我所见过的最美丽的东西。我无法相信自己居然没有第一眼就注意到它。

"太美了！"我说，"不过我觉得有点太过了。"我的意思是太贵了。那枚戒指的价钱看上去要花掉我们一年的房租钱。

"先戴上试试。"她说。

英格丽德看上去是那种让人不容易拒绝的人，于是我按她说的戴上了。我把戒指套上手指。戒指在我的无名指上闪耀着，带着骄傲。我在灯光下转动着手，看着戒指熠熠生辉。

"让我看看。"这时托比亚斯说道。

我转过身，摇动着自己的手，就仿佛我在说唱视频里表演。"珠光宝气的，不是吗？"那真蠢，我知道的。可还是很好玩。

"非常般配。"他说。

"我知道。"

"多少钱？"他问英格丽德。

"通常要五千。"她说，"不过给你的话，三千。"

这个价钱是我们所能付得起的三倍。我立刻把戒指拿了下来。

十九

"太贵了。"我说,"不过它很漂亮。还有别的吗?"

"有的,当然有。"英格丽德说,"不过跟这枚这样的没了。我把它称为玫瑰。"

托比亚斯站在我身后,一言不发。我伸过去拉他的手。"嘿,"我边说边把他拉近来,"你喜欢哪个?"

"我喜欢那枚。"他说道。他看上去下定了决心。"你戴过的那枚。我们就买它。"

"托比亚斯。"我说。我朝他靠了靠,压低了自己的嗓音,试图做出我们要私密商量下的错觉。"那个太贵了,算了。"

"是不是应该由男人来买戒指?"他问我。不过那不是个问题。也不再好玩。他的话里带着一丝侵略性。

"是的,可是亲爱的,我不需要那一个。我们就选个别的吧,好吗?"

我又扫视了一遍那些戒指。里面有一枚很可爱的,镶嵌着小碎钻和水晶,错综复杂的黄金图案。"这个多少钱?"我问英格丽德。

"七百。"她说,"这枚很可爱。"

我把它戴上。非常合适。"你觉得怎么样?"我问托比亚斯。

他低头粗粗地看了看我的手。"还行。"他说。

"托比亚斯。"我说道,"行表示还不够好。你希望继续再找找吗?"

他摇了摇头。"对不起,它真的不错。"他小心翼翼地抓起我的手,"你戴着非常好看。"他给了我一个细细的微笑,我知道那个微笑是他很努力挤出来的。

"我喜欢它。"我说。我也是真心实意的。这不是第一枚戒指,但戴在我手上感觉很不错。我知道自己希望就戴着它了。

"我们就买这枚了。"托比亚斯说。

我依偎在他怀里。他搂着我。那个时候我们都在努力。我想要重新抓住我们刚走进来时自己感觉到的那种嬉闹的意味。

"你们真有眼光。"英格丽德说,"你戴着很漂亮。"她并没有因为我们只买了一枚要便宜五倍的戒指而或多或少有些不开心。我一下子对她有了些好感。

我们跟着英格丽德穿过那些外套架子回到主店堂。她站在收银机后面,我看着托比亚斯掏出了皮夹。七百美元仍然是很大一笔钱,他没有那么多钱,而我是知道的,但有什么东西告诉我不要主动付钱。托比亚斯拿出了信用卡。

我们跟英格丽德抱了抱,跟她道别,然后从楼梯走到街道上。外面比我们来的时候明显要凉得多。"我爱它。"我对他说道。我低头看看我的手——戒指在夏日最后的阳光里闪烁着。"我爱你。"

他将我拉向他。"你确定你开心吗?"他说。

我希望他加上"对戒指"三个字,可是他没有。

"当然了。"我说,"最最开心了。我要嫁给你。"

"是啊。"他说。他点了几下头。

我把手伸上去捧住他的头。"这是我需要的全部。"我说,"是我所需要的一切。"

他那时用力紧紧地拥抱着我,我差点都透不过来气了。在那个傍晚,我们依偎在一起,我们仿佛看到了即将来临的一切。

晚上 10:42

等托比亚斯的嘴唇终于离开我的后,我过了一秒钟才想起来我们在哪里。晚餐。名单。我把手指放在嘴唇上,眨了眨眼重新看着一桌人。奥黛丽和康拉德在看着我们。罗伯特正忙着吃蛋奶酥。杰西卡抱着双臂坐在我旁边。

"我肯定那样把一切都搞定了。"她面无表情地说道。

"我想念被人那样亲吻。"奥黛丽说。她的嗓音低沉,带着呼吸声。然后,她猛地抬头,看着康拉德。我猜测,在桌子底下,他们的大腿已经轻轻靠在一起。

托比亚斯在盯着我看,好像试图要观测我的反应。然而我脑子里想着的全是自己希望知道他的感觉,知道他在想什么。我想要拉住他的手,然后跑出去,把他带回家。

"对不起,"托比亚斯对我说,"我不是要……"托比亚斯看向杰西卡,"你以前希望我们结婚吗?"

"当然了。"她说。不过她的用词没有说服力。"我希望你们两个幸福。这跟我没有关系。"

"可是跟你还是有点关系的。"托比亚斯说,"你不会闭口不谈,何况你就在这里。"

"是的,但我没有吻她。再说了,我是活着的。"她的脸上挤出了一丝微笑,托比亚斯注意到了。

"杰丝,"他说道,"康拉德也是活着的,跟你,还有萨布丽娜,都一样。"

杰西卡翻了翻眼珠,可脸上的微笑还在。

"我们以前在一起时很开心。"他说。他迅捷地移动了下自己的座椅,那样他就能正对着我,同时还在跟她说着话。"还记不记得那天晚上,我们在萨比全身上下用神奇记号笔画满了图案,还把牙膏挤在她脚上?"

"她活该。"杰西卡说,"她让我们错过了《摩门之书》。"

"那天是我生日。"我说。

"对的,二十四岁生日。可你本来应该能够控制好喝多少酒的。"托比亚斯用胳膊肘戳了戳我,杰西卡大笑起来。

"你那么生气。"她说,"你一整天都没跟我们说话。"

"纠正下。"我说,"我足足吐了一天。"

"不管怎样,"托比亚斯说,"那就是我们。"

杰西卡坐直身体,点了点头。"是的,的确。可那是很久以前的事了。"

我感觉到空气围着我压过来。仿佛我就是位于正负粒子之间的那个空间。大团大团的"是"和"不是"正努力在聚拢然后分开,聚拢然后分开。

"也许你不应该让我回来。"托比亚斯说。他朝前坐着,两手

晚上 10:42

交叉着放在膝盖上。"在洛杉矶之后。也许那时你应该继续过你的生活，跟保罗待在一起。我说不准。"

我考虑着要对那个不让他重新回到我的生活里的聒噪声说不。但是这件事从来就不是个行得通的选择。在托比亚斯回来后，我们别无选择。

"我从没要你留下来。"我说。我不仅仅冲着他，也冲着全桌人说道。"我不能跟你一起去洛杉矶，但也从没叫你留下来。"

"你为什么没要呢？"奥黛丽问。

"我太骄傲了。或者说太害怕了，我想。害怕他拒绝。或是他会说好的，然后又恨我。"

"托比亚斯，你会吗？"奥黛丽的声音像微风一样飘荡着，"你会留下来吗？"

我非常非常希望他说不会，我几乎都能尝到那种滋味了。就像一颗马上就要被摘下来的浆果——感觉都在我的嘴里成熟了。

"我不知道。"他说，"或许不会。我猜想我的回答是不。她都不用问。我去了。我恨去洛杉矶，但我不得不去。"

"然后你又回来了？"奥黛丽问道，"为什么？"

"因为没有她我活不了。"

一桌人全都默不作声。没有人动一下，连端起酒杯的动作都没有。

我从未怀疑过托比亚斯就是我的真命天子，但是，要是所有这些错失的机会、互相争吵以及伤心难过没有指向我们之间那种漫长而起伏的关系，而是只表明那种关系并不稳定会怎么样呢？

那种关系很脆弱。也许杰西卡说得对——我们还没有长大，我们还没有承担起责任。在某种程度上，我认为宇宙会帮我们做这一切的。今晚，坐在这里时，我仍然这么认为。但是要是一直以来这件事都取决于我们自己呢？时机便是一切。他离去的时候杰西卡对我说过。而今晚，我们几乎已经完全没有时间了。

二十

十月初的一天，托比亚斯回到家，告诉我他想要辞职自己创业了。时机已经到来。新的那份工作变得越来越糟糕。不仅仅因为他感到很痛苦，也是因为他觉得自打他在洛杉矶做出业绩后，他好像已经退步了有十步之多。

我清楚他希望重新去做自己所喜爱的那种拍摄工作，我也知道他要去另外找一份工作或者开始当独立摄影师只是个时间问题。然而问题是，就在这个节骨眼上，就在他身无分文，我们差点连房租都付不起，并且刚刚订了婚的时候，这些似乎都没有让他感到烦恼。他只要一进门就变成了一个精力充沛的能量球。

"这事我已经考虑过一阵了。"他说。他走过来跟我一起坐在沙发上。"但今天我突然想清楚了——干吗还要再等呢？我希望能够专心做自己的事。"

"哇，"我说，"好吧。"跟一个不喜欢自己的工作并且现在我已经知道他对那份工作感到憎恶的人生活在一起不是件好玩的事。我希望他开心，希望他最后终于拥有一份他想要的职业。然而我也希望能够睡在家里，有饭吃，还能举行一个婚礼。我努力要把这些计算好。"跟我说说你是怎么想的。"

我可以感受到他的兴奋，我去给我们拿了些喝的东西。我开了一瓶一直没舍得喝的香槟。那是我们搬过来时，马蒂买给我们的乔迁礼物，很贵。我拿了两个杯子出来。要是我们必须谈论这件事，我们就得喝点酒。

"我明天就会通知他们，他们会去另外雇个人，与此同时我想莱恩或许可以暂时顶替一下。"莱恩是另外一名临时摄影助理。托比亚斯很喜欢她。"然后，首当其冲的，我需要先建一个网站。"托比亚斯边说边挥动着他的双手。他真的很激动时说话就是那个样子的。我啪地打开香槟，把酒倒进杯子。

"我会请马蒂帮我做技术上的活，然后我要去跟在洛杉矶工作时的客户接触。我不指望他们都会委托我拍摄，但是也许会有一两个……"

我递给他一只杯子。他的两眼闪着光芒。过去那些日子里我很少见到他那样。在蒙托克的海滩上见过，也许自从那天以后就没了。要是他所说的是真的，要是有活给他，我会支持他。可能这就是我们的问题所在。他工作上的不愉快已经渗透进了我们的个人生活。要是他在另一方面开始开心起来，那么在我们这里他也会开心。

"干杯。"我说，"我觉得这个主意很棒。"

"真的吗？"托比亚斯看起来有种很少见的样子：心虚。"我是说，我也许需要你先付全部房租，一个月，最多两个月。然后我就会挣到比现在多很多的钱了，到时候我都还给你……"

二十

我的心脏开始在胸口加速跳起来，可我没有显露出来。我把手放在他手上。"亲爱的，"我说，"没事的。我们可以过下去的。"我在兰登书屋的工资勉强可以维持，不过我还存了一点钱。我出生时，父母买了些债券，我大学毕业时把它们卖掉了——那笔钱大概有一万美元。那些债券卖掉以后还在涨。我可以动用那笔钱。只要看到他这样开心，那就值得。

"我爱你。"他说。他猛烈地吻着我。"我也想要谈谈婚礼的事。我们应该在春天结婚。干吗再等呢，对吧？"

我的心脏似乎要从身体里撑出来了。它膨胀得那么大，把我们两个都包裹了起来。它围着我们激烈地跳动着。

"春天。"我说，"那太好了。"

"或者我们可以私奔。"他从我手里拿走了杯子放在地上。他将我拉到他膝上。

"比如去拉斯维加斯？"我问。我双手捧住他的脸。他好几天没刮过脸了，下巴上长满了胡茬。我来回摩擦时刺激得我皮肤痒痒的。

"比如去市政厅。"他说。托比亚斯靠上来吻我，然后转动着我的身体，直到最后我跨坐在他身上。

"我妈妈会很吃惊的。"我说。那时我已经快喘不过气来了。我们仍然经常做爱，可是已经没有了某种强烈感，那种在他去洛杉矶前我曾经感受过的连接在一起的感觉。此刻，我们在沙发上，那种感觉又有了，在我们之间又燃烧起来。

"别忘了杰西卡。"托比亚斯说着，边吻着我的脖子。"要不她会杀了你的。"

"她会杀了你。"我纠正他道。

我们彼此看着,忍不住大笑起来。

"你给她看过戒指了吗?"他问。

我给她看过了。买了戒指后的那周,我们一起吃了顿饭,她似乎挺高兴。她所想做的就是谈论婚礼——我们要在哪里举行,我要穿什么。我随她去说。时间越长,我越喜爱那枚戒指,甚至连夜里都不脱下来。我喜欢那种在太阳下微微闪烁出的金黄色。

"是的。"我说,"她说戒指不是那种传统型的。你知道杰西卡的。她就需要觉得东西符合她的想法。"

"连我也是?"

"连你也是。"我说。我在他脸颊上亲了一下。"我从我们的营销部门学到了几招。"我说,"你应该先注册个推特账号和Instagram账号,在上面发你的照片,我会帮你宣传它们的。"

他不屑地把头往后仰了仰。

"那很重要的。"我说着,用手戳了戳他。"你需要创建一种存在感。"

"一种存在感。"

"一种存在感。"

"你认为我现在做得怎么样?"

"相当好。"我说道。我抬眼看着他。接着,他很快地一下子把我抱了起来,放到他的肩膀上。

二十

托比亚斯的身材不比我大多少——比我高点，也许稍微壮那么一点，不过自从他吃素以来也壮得有限。他身上已经没有了从加利福尼亚回来时的那些肌肉块。他站起身，摇晃着走进卧室，我在他的肩头上摇摇欲坠。他紧紧地抓着我的双腿，把我扔到床上。

"我想这一切将会很美好的。"他说，"我可以感觉得到。"

要是算不上是确信的话，我也感觉到了，然后放松了，和缓了。现在我们有件事可以去关注了。我感觉我们好像终于找到了要去解决的那件事，找到了去解决那件事的办法。

晚上 10:48

我们都在埋头吃甜品。毕竟冰淇淋的形状只能保持那么长时间。

"我从来都不太喜欢吃甜品。"奥黛丽说道,"不过这个很好吃。"

她用勺子挖了一口果仁糖冰淇淋然后喂给康拉德,康拉德心甘情愿地张开了嘴。

"妙不可言。"他说着,用舌头舔了舔嘴唇。

"蛋奶酥也是棒极了。"罗伯特说,"我过去试着做过,可从来都没有做到过这种程度。"

"窍门是不要把蛋清打过头。"奥黛丽说。

我试着想象罗伯特在厨房里的样子,身穿围裙,一名宠溺的妻子在边上切着蔬菜,两个小女孩围着他转。假如他是个朋友的话,我想我会为他感到高兴的。

"真好吃。"杰西卡说。她的嘴里塞满了一大口蛋奶酥。

托比亚斯喝着他的浓缩咖啡。他转向我。"我从未后悔过回来。"他说,"有时候我觉得很难受,因为工作上的事不像在洛杉

晚上 10:48

矶时的那个样子。不过那不是你的错,我本就不应该让你感觉错在你。"

"我们都快要结婚了。"我说。

"我们是的。"他说。那很令人伤心。他很伤心。

"我始终不敢确定你真的想结婚。"我说。

"我想的。"他说,"我向你求婚时,我是当真的。"

"然后呢?"

他的一只手在脖子边上揉了揉。"我不知道。"他说,"我希望跟你在一起,可我还想要很多。我也想要给你很多,不管你信不信。"

"我信。"我告诉他。

"那么说你们从没结过婚?"罗伯特问,"我发现你们没有戴戒指。"

他坐得更加挺直了些,问的时候用手做了个夸张的动作,就像在整理一根看不见的领带一般。

"没有。"托比亚斯说,"我们没有结婚。"

"不过你们差不多就结婚了。"罗伯特说。他的声音带着难过。"那一定是很悲剧的事。有那么多事情没能完成。"

托比亚斯低下头。"我们定了一个日子,是的。"他说,"不过出了车祸……"

"确切地说,我们没在一起。"我说,"我们大吵了一架,有一个多月互相没有理睬。"

我听见康拉德的叉子当啷一声掉在盘子里。"他死的时候你们分手了?"

我觉得眼泪快要从眼里涌出来了。要是开口说话,我恐怕会哭个不停。

"没事的。"罗伯特说,"还没到十一点。"他看着我,他脸上的那种希望,那种坚信,把我从头到尾一分为二了。就在那一刻,我明白了我想问他的事,那个处于"为什么"最中心的问题。

"要是可以,你会希望改变所有的事情吗?"我问罗伯特。

我看见他在心里掂量着这个问题。他的妻子,孩子们。烘烤甜品,擦伤的膝盖,上学放学。那些他与她们一起的岁月。

"会。"他说。他的声音有点沙。就在说这个字的时候有。"要是我可以为你把事情纠正过来——会的。"

"即便那样会把一切都改变掉?"

罗伯特清了清喉咙。"你从来不能以理性去处理的一件事就是失去一个孩子。别的一切都可以。人们变截瘫后,就会找到上帝。他们失去全部金钱,然后他们说那会给他们带来更加深刻的安宁,他们会发现生命中什么才是真正重要的。我听人说过最坏的事情是为了最好的事情而发生的。可是从没有人因为失去一个孩子而那么说。"

康拉德在桌子另一头发出了点声响。"嗯,"他说道,不过就说了这么些。

我看看罗伯特。要是可以,他是希望回去的,将后面经历的生活全部撤销掉。但那可不是我想要的。自打小女孩起,我所想要的全部便是——把我放在他生活中的第一位,要他来关心我,

晚上 10:48

要他回来。然而此刻听他这么说的时候,我明白那是不对的。我并非他生活中唯一在乎的东西。还有一个家庭也需要他,那个家庭也应该存在。而此时此刻,成为我的父亲,就会撤销那一切。

　　罗伯特看着我,他的眼神,我只能用爱来描述。那种紧张的爱,胆怯的爱,不知其所处的位置或者会在哪里或怎样才会被接受的爱——但那仍然是爱。而我觉得也许那就够了。此刻,在餐桌边,那够了。

二十一

接下来的那个星期,托比亚斯辞掉了工作,三天后从办公室搬走了。那并不是因为他的办公桌上有很多东西。他回来时带回来一个箱子,里面装满了印刷品——所有的东西都是刚开始去工作时他带过去的。

"莱恩会接替你的位置吗?"我问他。

"暂时吧。"他说道,那种说话的方式让我知道他不想继续谈论这件事。那便是托比亚斯——他会对某些事蛮不讲理。他下定决心后,事情便就那样了。

"那太好了。"我说道,"我们应该庆祝一下。"

我们去了我们最喜欢的一家位于公园坡的墨西哥餐厅。我们点了玛格丽塔酒,贪婪地吃着免费的薯条和鳄梨色拉酱。我拿出一个盒子,把它放在桌子上。

"这是什么?"他问。

"一份迟到的生日礼物。"我说。上个月他的生日几乎没什么热闹就过去了。他说过不要礼物(只有一个蛋糕、一张生日贺卡,还有几乎什么都没穿的我),我听了他的话,不过我想着给他这个

二十一

已经有一阵了。

"萨比。"他说,"我跟你说过不要礼物。"

"但我还是准备了。"

他打开来。盒子里是我父亲的一块怀表。很多年以前我母亲把它给了我——我都记不起来具体时间了。那是块金表,表盘外面有一圈细小的银线。

"我喜欢它。"他说。他轻轻地、小心翼翼地拿在手里。

"它还可以当作指南针用。"我说。我指了指表的针。

"以免我迷了路。"他看着我,不过没有笑。

"那样你就可以找到回来的路了。"我说。

他拉过我的手掌,亲了我的手指。店里一支流浪乐队开始演奏。托比亚斯伸出手来:"愿意跟我跳舞吗?"

餐馆很小,也许总共才摆了十张桌子——而且已经很晚了,十一点多。

他将我拉近他。他穿着件格子衬衫。我知道他不喜欢那件衬衫,可我很喜欢,并经常会评论几句。我知道我们在一家便宜的墨西哥餐馆里,两个人吃着一份前菜,大吃特吃免费的薯条。我知道我们已经二十九岁了,也许已经过了这么做的年龄。但就在那个时刻,我感到自己完完全全处在我需要的地方。托比亚斯回家了。就那么简单。剩下的,我推断都会水到渠成的。在一个人拥有爱情时,谁会去担心金钱呢?

"你在想什么?"托比亚斯低声问我。他的手伸进了我衣服里。

"在想我们应该去墨西哥。"我说,"图卢姆,也许卡波。或者加勒比海。"

"嗯，"托比亚斯说，"还有呢？"

"你，我，岛上微风吹拂。半夜去海里游泳。"

"还有？"

"只穿着比基尼。"

"有时可以那个都不穿。"

"我们可以住那种有大罩棚床的酒店，只有帘子当门的那种。"

"那虫子怎么办呢？"托比亚斯问。

"那是天堂岛，宝贝。"我说，"没有虫子。"

我感觉他在我怀抱里的身体僵住了。有那么一会儿，我没有明白是怎么回事，发生了什么，接着我反应过来了。那个度假是虚构的。他以为我指的是我们真的要去墨西哥，我们应该去度假。在我说出评论的那一刻，我向他表明了我知道我们不会去的。我们没钱，我们当然不会去了。但是他还是对这个幻想信以为真了。他有了那种想法，也许，要是真要去呢？

那一刻我想起了保罗。对此我感到很羞愧。我想起了我们到波特兰去的那次旅行。我们住在希思曼酒店，好像并不贵似的，在很高档的饭店吃饭，还去听了两场音乐会，就是因为想去而已。我们也去过旧金山和伦敦。那些旅行一切都那么简单，那么流畅。已经不是第一次了，我很想念那个——那种伴侣关系，我不会感觉到我要独自一人来承受这个世界的压力。

两个星期过去了，然后又是两个星期。托比亚斯埋头忙着建自己的网站。他一直待在家里，在电脑上工作。他说他会把网站

二十一

建起来，开始运转，然后发布通告。

我后知后觉，本应该早就知道的。托比亚斯很有创意，充满热情，富有才华，可是他缺乏那条链接——就是把他的才华跟有竞争力的带来收入的手段连接起来的东西。他有份工作时，特别是之前在沃尔夫公司时，一切都还是有结构、有秩序及有一个系统去依靠的。他痛恨系统，却不明白，不论多么富有创意，每种生意都需要一个系统的。

在我跟他生活在一起的那些年里，我零零碎碎地对摄影业的情况有了些了解。在某些方面，我也许要比托比亚斯更有能力看明白他的职业。至少我知道，大多数摄影师在建立起自己的名声时还在为别人工作。他们开始在老板手下找到活干——就是所谓的别人剩下的活。那些临时要去很远地方拍摄，或者报酬很少的拍摄工作，或者为某本无人关注的出版物拍摄。那些工作让人更加独立，也会带来更多机会——更多人脉。然后就一路发展下去。但托比亚斯走的路不是这样的。因为他先是离开了沃尔夫，然后为某个老板打工，但对他的客户不感兴趣。现在，他完全投入自己的工作中，后面没有一个系统支撑他，这风险很大，尤其是对托比亚斯这样的人来说，因为他很容易受自己内在情绪波动的影响。

在他从事自由摄影工作的起初一段时间，他全身心投入。不论多么天真，我承认自己感觉到被他的热情所鼓舞。我了解得更清楚，可是那种了解感觉就像是对托比亚斯的背叛，对他的才华及我对他的爱的背叛。我无视了它。我观望着。他花掉了他本不拥有的几千美元买了新的摄影设备——那是我们需要用来付房租及准备婚礼的钱（我们定了春季里的一个日子，准备在公园坡的一家小教堂举行婚礼。我们曾经路过那家教堂并且很喜欢）。我找的理由是他需要花钱来挣钱。我跟他一起仔细在电脑上寻找城里的摄影点，他会整天去那里拍摄。那些地方很漂亮。老人和他们的孙子女。西村咖啡馆的服务生们让这座城市看上去像巴黎。涂鸦艺术。他说他会去找工作。他会继续做办公室工作，给杂志投稿。他认识所有的表演者。他得到第一份独立拍摄工作只不过是个时间问题。我相信他。

可是几个星期过去了，计划开始改变。再也不是关于工作的事。他说他不想再接那种把他的灵魂抽空的临时活了。他不能再做了。他开始去拍照片。经常。他缺席了跟肯德拉和她男朋友的一次聚餐。他取消了大卫和新伙伴马克安排好的一次晚间喝酒聚会。他所做的，就是整日整夜地拍照。

"你觉得网站什么时候可以建好？"几个星期后我问他。我刚下班回家。不久前企鹅书屋跟兰登书屋合并了，周围的人有被解雇的。我认为自己的工作还是安全的，至少目前——公司还没有开始对编辑部人员下手——不过也就是一个时间问题。我自己还没有做过多少书，至少还没有一份令人印象深刻的书目，而且知道自己做的书在下一个层面的出版竞争里很难成为卖点。我将不得不重新从助理编辑做起，而我本来已经快要升职了。我也马上到了二十多岁的尾巴。可我还没有为自己所想要的将来积累下任何东西。没有钱，没有时间，甚至没有休假日。我花掉了一切，

二十一

希望有一天,什么?会发生神奇的事?托比亚斯会大获成功?我甚至都再也不能确定他在干什么。

"我不知道。"他说,"我想还需要更多材料。"

"真的吗?"

话一说出口我就后悔了。我可以感觉出自己话音里的态度。他嘲讽地看了我一眼——就像我不理解,或是我不能理解那样。他穿着运动裤,我抱住他,我想也许他是对的——我没有搞明白。我是个把支持艺术家当作职业的人,但我不是艺术家。

"我可以帮忙。"我接着说道,试图推翻和纠正前面的话。"我认识艺术家。我一直在帮助作家。我们可以在《村之声》和推特上发个广告——你可以做点商业摄影作为补充。"我悄悄地加上了最后这句话,可是他根本就没听。

"我觉得我需要办一次展览。"他说,"今天我去了皇后区,拍了一批照片。"他把电脑转过来让我看。电脑里有好几百张世界博览会场地那里的照片。照片拍得很漂亮。我像平时一样表现出很着迷的样子——"哇,我超喜欢这张"——但随着他点击下去,我开始感到越来越不想装得那么大度。他为什么不能用这一天去给人婚礼摄影呢?或者给某家举行的成年礼拍照呢?要是有人出钱的话,也可以去给一只狗的生日聚会拍照啊?这座城市里到处都有人愿意为他的摄影技术大把掏钱——我恨的是,他总是感觉自己不屑于做那些事。我整天在上班,可他在这里只想着画廊和照片,却没考虑账单的问题。

"什么样的展览?"他说完后我问道。

"你知道，一场展示。"他说，"在某个地方，我可以展示我的作品，并邀请那些有影响的人来看。"

"在哪里？"我问。我对他所说的什么大咖一头雾水。谁说的要是他举办一场作品展览，他们就会来看的？难道他早就有那么多人脉了吗？接下来的每一步感觉都像是走偏了。我开始意识到，他甚至都不希望接受客户，除非他们是《名利场》那样的杂志。

"纽约大学。"他说，"我的朋友约瑟夫在帝势艺术学院的行政部门工作，他说可以把事情搞定。"他听上去像是在挑衅我。

"托比亚斯，"我说道，"这样下去我支撑不了我们多久了。"

"我知道。"他咕哝道，"那就是为什么我日夜干活，要把这个业务运转起来。"

"很好！"我说，"行。"我把自己的电脑放到膝上。我有份文本需要帮老板做完。我想要喝杯红酒，还想要洗个澡，也希望不再谈论这个话题了。

"听起来好像你很信任我。"他憋着呼吸说。

我装着没有听见他说的话。他进了厨房，去弄意大利面或是三明治或别的什么，然后进了卧室。等我弄完文本，他已经睡着了。

第二天上班时，我向肯德拉吐露说我因为缺钱压力很大。我自己已经付了两个月的房租，那笔钱差不多是我一辈子债券收益的一半。我不知道还能不能付得起第三个月的租金。

"你需要跟他摊牌。"她喝着咖啡，吃着甜甜圈，对我说道。她办公室的门关着。肯德拉最近被提升为资深编辑。基于我在公

二十一

司的年限,我本来也应该得到这个头衔的。可是我没法否认,跟托比亚斯的这种状况影响了我的工作效率。这很有讽刺意味:我比以往更需要这份工作,我的表现却是半死不活的。本应一个小时干完的事我要花三个小时。我老是分心,总是担心。是的,背后都是害怕。我很害怕所有这一切都会非解决不可——然后又怎么样呢?

"一个人撑着太过分了。"肯德拉继续说道。

我舔掉了手指上的焦糖。"现在他非常敏感。"我说,"他认为我不相信他。"

肯德拉甩了甩头把头发摇开。最近她在留刘海,现在她看上去有种朋克摇滚的味道,很适合她。她还在跟格雷格见面。"那你呢?"她问,"你相信他吗?"

这个问题我本应该自动就回答了的。我当然相信他。他是我认识的最有才华的艺术家。自从我在加州大学洛杉矶分校的学生作品展上看到他的作品那一刻起,我就对他的才华深信不疑。不过我也知道自己是有偏心的。因为我爱他。我所投入的感情无法让我做到客观公正。而且我也知道光有才华是不够的。在兰登书屋工作的将近四年时间里,我认识了许多有才华的作者,并阅读过他们的作品,但他们的作品却从未通过选题被接受出版。有些投来的书稿非常精彩,但我们不可能什么都出版。更多的是,那些有洞察力的作者,那些名人,那些推特上有许多粉丝,以及在Instagram上精心展示存在的网红,才是我们签约出版的人。

我希望相信,用我以前的方式,用我认为托比亚斯所做的方式，终会有一天才华将带来成功——每一部伟大的原稿、精彩的照片、优秀的画作终将会有出头之日。可是继续坚持这种理念对我而言是越来越难了。

"他极其有才。"我对肯德拉说。对这个我还是确定的。"我只是不清楚光有才华是否就够了。他认为整个世界将会拜倒在他的脚下，可事情却并不是那样。"

她点点头。"要是他在采取踏踏实实的步子建立起业务，那会是一回事。"她说，"可是我有种感觉，他只是在那里玩他的照相机。感觉上他是在利用你。"

这些话令我猛地放下了甜甜圈。那可不是托比亚斯。要是对我们两个都没好处，他绝不会有意利用我。不过她说得对，我需要跟他谈谈，跟他坦诚说说。我没法继续这样下去了——我是在挥霍自己并不拥有的钱，而我依然抱着在春天结婚的希望。我依然希望举办一个婚礼——尽管听上去那么老套那么浑然不知。我戴着眼罩一般盲目无知。可这不正是爱情的一部分吗？拒绝去看那些昏暗而残忍的部分，不然它们会让你逃跑的对吧？或者是不是你看到了它们，但还是照样爱着？

晚上 10:57

"我没法接受人们离开。"我说。我觉得自己比一小时前更脆弱了——我朝四周看了看,看着我们都在吃着甜品,我想大家都感到有点柔软起来了。留给我们的时间已经不多了,我需要诚实地对待自己的内心所想,需要把它们拿到台面上来。"你,然后是托比亚斯。"我对着罗伯特点头说。

"还有我。"杰西卡说。

我看着她。

"怎么啦?"她说,"我也离开了啊。你认为那是我的错,你觉得我应该给你更多,或是我抛弃了你,或者说你需要从我这里得到的太多了。但我不是那么看的。"杰西卡说。

"你怎么看的?"奥黛丽问。她的语调很柔和,很有母性。

"我们成长起来了。"她说,"我们不再住在一起。我结婚了。"

在她问为什么我把她包括在内、她为何要在这里时,我以为这件事我们就算了结了。然而杰西卡跟我之间有着深深的痛苦。可能因为历史也是这样的吧。

"那一切我都知道。"我说,"可你表现得满不在乎似的,好像我们的友谊让你很讨厌。只有我提出来的时候我们才见面。有时候恐怕要是我不给你打电话我们就再也不会说话了。"

"那真是疯了。"杰西卡说道，不过她似乎也不相信自己说的话。

"是吗？"

"我有个婴儿，好吧？我的生活跟你不一样。你从来都不明白那个。"

"生孩子前就是那个样子了。你可是我最好的朋友啊，可肯德拉比你都更了解我的生活里发生了什么。"

杰西卡用嘴吹了口气，像是吹口哨那样。"你真是不可思议。"她说，"你从来都没有责任的，对不对？从来都不是你的错。人们都是人，萨布丽娜！他们会犯错，他们不是十全十美的，他们自私，有时候他们尽了最大的努力了。"

在我旁边，托比亚斯用手指捏了捏鼻梁最上方两眼之间的那块地方。

"杰丝，"我说。

"好吧。"她说，"我们就坐在这里，听你谴责我们，然后点头道歉。这是你安排的晚餐，对吧？"

她的话出其不意地给了我一击。"要是我需要从你那里得到的太多，我很抱歉。"我慢慢地说，"可是我没有家庭。我妈妈远在三千英里以外。我独自生活……"我的声音受到了感染，我恨这个，我恨自己说到这里变得如此脆弱，恨我自己似乎不能勇敢面对继续前进下去。我恨她说的是对的——那不是她的责任，当然不是。她没法修补,即便我还是一直希望她跟我在一起。"有时候我很需要你。我不希望总是要叫你你才在。我不希望觉得跟我一起出去对你来说像是种跑腿活。"

"不是。"杰西卡说。

"不是吗?你真的希望今晚来这里吗?你还想继续保持这个过生日的传统吗?"

杰西卡看着我。我第一次发现她看起来多么疲劳。她眼睛下面有黑眼圈,她看上去已经好几天没睡觉了。

"我希望你生日过得开心。"她说道。不过这当然不是对问题的回答。

虽说我自己也没有答案。

"现在我有不得不做的事情,否则我的生活就停止运作了。"她说,"我知道这个不是你希望听到的,但事实就是如此。"

"我想你。"我说。

杰西卡一只手拢了拢自己的头发。"我也想你。"她说,"我只是一直没有精力去做点什么。"

一名服务员走到我身边。"你吃完了吗?"他问我。他指着我面前已经融化成汤的冰淇淋。

"好了。"我说。

"你对我真是太苛刻了。"杰西卡说。

"那完全也是我对你的感觉。"我对她说,"你不同意我做的任何事。"

"那不对。"杰西卡说,"我认为你很棒。我嫉妒你的职业。我很想拥有那样的生活。"

"但你在康涅狄格过得很开心。"我说。

"是吗?"她问,"这么多年里你去看过我三次。你是怎么知道的呢?"

她说得对,我在那里从来就没搞明白。她也从来没有邀请我去。但什么是先出现的呢?我不愿意去,还是她自己不愿意表示欢迎呢?

"我很抱歉。"我说,"真的很抱歉。我没有……"

"我跟你说过,我不怪你。事情现在也就这样了。我觉得我们对此没有什么可说的。"

"可是,要是我们就那样不停地慢慢分开,再也回不到以前会怎么样呢?"

杰西卡叹了口气。她看着我,眼睛一眨不眨。"或者说要是我们又回来了呢?我们不能相信那只是为了换下口味吗?"

二十二

"你干吗不借用一下我们家的小木屋呢?"上班时肯德拉对我说道。我一直在抱怨这座城市最近感觉太幽闭压抑了,而实际上说的是我们的公寓。托比亚斯不出去拍照时,他就坐在椅子里做照片剪辑。近来,每当我回到家发现他就在家里,我感到很失落——每次都给我一种低沉的感觉。"我父母从来不去。这个周末你可以过去,清醒一下头脑。"

我幻想着在火炉边喝着红酒,把手机关掉,听着风声或者树的声音或者大自然发出的任何声响——我已经太久没有出纽约了。那是十一月,而上次到海滨去是我最后一次离开这座城市。"听起来很好玩。"我说。

"很好,我明天就把钥匙带来。"

我回到家,准备跟托比亚斯讲我的打算。我想他会很开心自己独自过周末的——我们分开一段时间也不错。

我走进门,屋里放着《曼波歌王》里的歌——我喜欢的萨尔萨音乐。我闻到了大蒜、油,以及只有托比亚斯才会弄出来的混合香味。

我放下包，扔掉鞋子。他背对着我在炉子上忙碌着。他立刻转过身来，满脸堆笑。

"我的女皇，"他说，"欢迎来到天堂。"他双手放在我腰上，引导我走到橱柜前。那里，一台搅拌器里装满了玛格丽塔酒，旁边是两只杯口抹着盐的空玻璃杯。"我们没法去墨西哥，所以我把墨西哥给带回来了。"他递给我一只杯子。

"好的，请。"

他把我的杯子倒满，然后倒满自己的，然后端着杯子伸向我。"玛格丽塔万岁。"他说。

"为我们干杯。"我说。

我没有先喝酒，而是把一只手伸进他T恤的领子下，把他拉过来吻他。

他放下手里的杯子，把我从橱柜凳上抱了下来，手沿着我的背往下，然后把我拉得更近。

"我在做饭。"他抵着我的嘴说。

"别再做了。"

离我们上次做爱几乎有三个星期了——对我们来说这是个创纪录的数字，我知道这也提示着我们的关系出了点问题。我们很看重性生活——或者说我看重。那很棒，真的很棒。当我们一起身处那个空间时，我对我们互相适合这一点感到跟从前一样确切。当我们离开它时，我就觉得破裂了，断开了联系。

托比亚斯把嘴唇移到我脖子上。"炉子上可炖着三种不同的法

二十二

士达¹呢。"他对我说,"现在不合适。"他抓了下我的屁股,然后温柔地把我从他身边推开,回去照看他的食物。我没有感到被拒绝了,而是觉得更有意思。我们又回到了爱情的泡泡里。我大声地喝着酒,看着他做饭。

我们吃好饭,肚子里装满了法士达和龙舌兰。我告诉了他我去伯克郡的安排。不过我没跟他说我想一个人去。我说希望我们一起去。

"听起来很完美。"他对我说。

我激动不已。那种感觉,就好像我们正走在重新连接起来的路上,好像我们已经把前面几个月里彼此的敌意抛开了,我们已经摆脱了它。我知道这次旅行会成为我们所需要的重启按钮。我们在汉普顿斯过得那么开心,我希望我们可以找回一点当时的感觉——那种乐趣、精神及油然而生的情感,我认为那些才界定了我们的关系。家已经变得那么有压力——钱,工作,生活。我希望我们去一个那些东西不再悬在我们头上的地方。在那里我们可以享受更大的空间,清新的空气。我会做一次肯德拉和我前一周预演过的交谈。在那样一个空间及野外,远离城市,托比亚斯会听见我的心声。我们会把问题解决掉。

那个周末,我们租了辆车,一路开去雷诺克斯。托比亚斯开车,我把车窗摇了下来。那是十一月初,可还是秋天的气候——凉爽,没有寒冷的感觉——树上的叶子还没完全掉落。往北的地

---

1 墨西哥人常吃的一种传统家常菜。——译者注,下同

区到处是金色、红色和橘黄色。我伸出手，放在托比亚斯的手上。

他抬起大拇指，摩擦着我的小拇指。等我们刚把皇后区抛在身后，我就感觉自己大大松了口气。

杰西卡给我打来电话。我决定不理她。

"你要接电话吗？"托比亚斯问我。

"不用。"我说。

他转向我，朝我眨了眨眼。

肯德拉父母的那间木屋建在一座小山上，俯瞰牛羊成群的田野。屋子很小，只有一间卧室、一间浴室、一间小厨房、壁炉，还有个封闭的门廊。我们带来了食品和红酒。我把我们的给养物品打开来，而托比亚斯则去生火。

杰西卡又打来了电话。我没听见。我的手机那时放在手包里，被调成了静音，整个周末都搁在那里没用过。

"你想来杯红酒吗？"我朝他叫道。

"开那瓶黑达沃拉葡萄酒。"他说。

我在自己包里找到了开瓶器。肯德拉说过小屋里什么都有，不过我可不想冒任何风险。要是一个周末都不喝红酒看起来可是于事无补的。

托比亚斯出门到屋子边上的一堆木头里取木柴，我拿出自己买的格鲁耶尔干酪、高德干酪和葡萄，将它们跟饼干和杏仁一起放在一块切菜板上。我是在乔氏超市买的那种五香杏仁，我知道托比亚斯喜欢吃。

他进来后，我倒了两玻璃杯酒，递给他一杯，同时还在平衡

二十二

好搁在手腕上的奶酪盘别掉了。

"这个我来拿着。"他从我手上拿过放奶酪的板,把它放在壁炉架上。我递给他一杯酒,我们在壁炉前的椅子上坐下来,而他开始生起火来。

"要帮忙吗?"我喝着酒,问道。

他朝我伸着头,那种样子让我明白他认为我疯了,不过他还是被迷住了。他把头往左侧了四十五度,一只眼睛闭着。"我不知道,你可以吗?"

"我会吹火。"我说。

他拱起眉毛看着我。"哦,你会的,是不是?"

"也许。"我说。我又喝了口酒。我从酒杯上盯着他的眼睛看。

"我觉得你应该就待在那儿。"他说。他站起来,走到我前面。他把手滑上我的大腿,抬起嘴唇亲着我的脸颊。

我把他拉到椅子里跟我在一起。我们从那次喝玛格丽塔酒停下的地方重新开始。我脱下他的衬衫,两手在他肩膀上、背上抚摸着。他把我的套衫拉过我的头,亲着我锁骨的凹陷处,以及我耳朵和肩膀之间的部分,那让我简直要疯了。

我们所需要的一切就是这样亲密地待着。就这样彼此紧贴着,我们之间没有任何空隙。我们那么做的话就说明我们很好。只有这个世界——以及所有那些喧嚣混杂,那些需求和人和空气——才会让我们争吵,让我们分离,把我们分开。

托比亚斯往后退了一点,看着我。他俯在我上面,靠得那么近,我能闻到他嘴唇上的酒味。

"我有没有跟你说过那天我们在地铁上碰到后发生的事情？"他问我。

他没有说过。我们曾经花了点时间谈起在海滩——我们的另一次开始——但没有谈过那次。

"我在下面一站下了车，后面都是一路步行。我得给马蒂打电话。"

"为什么？"我问。

"因为，"他说，"我得告诉别人我遇到了她。"

"谁？"

"你。"他用手圈住我的下巴，然后用嘴唇在我的眼皮上、颧骨上和嘴唇上来回扫动着。

"靠紧我。"我对他说。

"一直都会。"他说。

他吻着我的耳朵，然后把嘴唇落到我肩窝里。我抓住他的手，带他进了卧室。

后来我们玩了"大富翁"，喝掉了两瓶红酒。托比亚斯给我们做了扒鸡香蒜酱意面。我知道我们需要好好谈谈，但更需要这样一个夜晚。我们需要记得是什么把我们变得如此特别、如此与众不同并让我们在一起。我想要做爱，想吃意面，想要把他抱在怀里。

我们明天会谈谈的，我思考着。

明天。

晚上 11:05

杰西卡把自己的衬衫往外拉着。我朝她看过去,发现她的衣服上部都湿透了。她的奶水又流了出来,她试图那样掩盖住上面的奶迹。

"我走开下。"她说。她拿起放在地上的包,急匆匆地去了洗手间。看着她快步离开,手还往外拉着上衣,我的内心直接被触动了。我真希望刚才我们没有争吵过。

"我又需要去呼吸点空气了。"我说。康拉德动了下要站起来,但奥黛丽的一只手用力按在他肩膀上。

"我去。"她说。

那是今晚她第一次站起身。我注意到她穿着条新的黑色长裤,裤管一直垂到脚踝,脚上穿着一双黑色的漆皮芭蕾平跟鞋。她从椅背上取下自己的香奈儿套衫,环绕在自己肩膀上。

"你先走。"她朝门指了指说道。

我们一到外面我就想抽烟。早先跟康拉德出来时抽的那根烟再次点燃起我的渴望。我感觉自己想要剥下自己的皮,把它卷起来,然后烧掉。奥黛丽掏出一包烟。

"我认为这个再也不可能影响我的健康了。"她说。跟康拉德之前说的一模一样。"你想来一根吗?"

她那种梦幻般的口音令我紧张。我可是单独跟奥黛丽·赫本在一起。

"来一根。"我说。

她抽出一根烟,递给我,然后自己又抽了一根。她先给我点烟,然后给自己点。我们两个吸着烟,那样子只能用迫不及待来形容了。奥黛丽先吐了一口气,烟雾包围住了她。

"舒服多了。"她微微咳嗽着说,"不是吗?"

我微笑着学着她的样子。

"你很了解我吗?"她问。她想知道为何她会被请来这里。

"知道一点。"我说,"大多数是跟你的工作有关。"我了解得更多——我知道非常多——可是此刻跟她一起站在外面,这样说似乎很奇怪。因为事实上我不知道,不完全知道我为什么要把她列在名单上。除了一点,那就是她演的电影对我而言代表着什么。不仅仅是跟托比亚斯有关,也跟我父亲有关。除了那块怀表,我唯一拥有的是他收集的老电影专集:《谜中谜》《蒂凡尼的早餐》《萨布丽娜(龙凤配)》》[1]。

她点了点头。"你知不知道第二次世界大战时我在荷兰?要知道,我们以为待在那里会安全的。我们没有想到他们会入侵……"她声音低下去,又吐了口烟。"那是段可怕的时光。那五年里,我

---

[1] 这些都是奥黛丽·赫本主演的电影。

晚上 11:05

们勉强能果腹。我们曾经把郁金香球打碎，然后用它们烤面包。我看到朋友们被用马车运走。我自己的弟弟被运到德国去做劳役。要是我们早知道会发生什么，我们也许都会开枪自杀的。"

"对不起，"我说，"我的确知道一点儿。你们经历过那么多可怕的事。我无法想象。"

"可是你想知道更糟的是什么吗？"她问我。

"会是什么呢？"

她换了一下重心，很优雅地从一只脚换到另一只，虽然她体重没多少。我看得呆住了——那一切使我想起了她在罗马骑着车，以及在巴黎的一间公寓里唱歌的场景。

"几十年后我开始为联合国儿童基金会工作。在我死前，我去了索马里。看到那儿的饥荒，那些挨饿的孩子……"她吞咽了一下，即使在路灯光下，我也能看见她的眼里满是泪水。"那更糟糕。"她说，"因为我没有跟他们一起身处其中。而且我无法解决饥荒。两百万人在挨饿。"她摇了摇头，擦了下眼睛。"当你独自忍受痛苦时，那真是可怕。"她说，"可当你看着其他人遭罪，那些无辜的人，那些无法自救的人遭罪——那更惨。"

她看着我，我明白她所说的意思，明白了她试图传递的信息。"谢谢你跟我分享这些。"我说。

"我一生都是个内向的人。"她说，"安静，理智。也许到了应该打开一点心扉的时候了。"

"我可以问你点事吗？"我说。

她又吐了口烟。"当然可以。"

"要是你可以从头再来，全部重来，你会改变什么？"

奥黛丽思考着这个问题。"我会再次结婚。"她说，"结第三次婚，跟罗伯特。我非常爱他。如果让我再来一次的话，我会嫁给他。"

"就那些？"我问。

她微笑了。"噢，还有许多事情。"她说，"但那是美好的人生。最好不要去细想太多。"

她猛然向我转过身来，我再次被她极度美丽的身材惊艳了。她美得不可方物，光彩夺目。她是一朵精致的玫瑰花瓣——对称而完美。一朵永不会凋谢的玫瑰。何况她还没有，是不是？我猜想着到了最后她会成为什么样子，假如她会枯萎的话。我无法想象。

"我是个浪漫主义者。"她说，"一直到死都是。人们总是将我跟浪漫相连在一起，可我不知道他们是否真的认为我是的。这么说吧，我经常被当作是件物品，而不是那个有渴望的人。我想当人们在看我的影片时，那就是他们会获得的形象。"

我想到了她的电影。想到了我父亲收集的片子。想到跟托比亚斯在一起的第一个下午看的《罗马假日》。想到这位电影明星的神秘和魔力。可奥黛丽·赫本不是在雨中穿着小黑裙和风衣的霍莉·戈莱特利。她不是妮可，在巴黎谋划一场博物馆盗窃，然后爱上英俊的盗贼。她不是伊莱扎·杜利特尔，跨越社会阶层往上爬。所有那些都是虚构的。[1] 那些是电影公司人的大脑里虚构出来

---

[1] 前述几人均为奥黛丽·赫本扮演的角色的名字。

的想法。奥黛丽·赫本只是那个此刻站在我身边的女人。

她好奇地看着我,仿佛在等着看我是否会问她。问她我们一起到外面来的原因。这也许是她今晚在这里的原因。最后,问她的建议。

"我该怎么做?"我问她。

"你有选择吗?"她说。

我往餐厅里看了看。我看见了托比亚斯。

"我不知道。"我说,"我以为我可以……"我的声音中断了。

奥黛丽把手搭在我肩上。那惊动了我。她的手指很轻柔,在夜空里很凉。它们感觉上去像雨滴。

"亲爱的。"她说,"你不可能希望我活过来的。"

"我知道。"我说,"那是当然。可托比亚斯……那不应该出现这样的事的。我们不应该像这样结束的。"

"也许吧。"她说。她的手仍放在我肩上。我有种感觉,那关键的一击还没说完——她试图把那个打击软化一点。"不过你可以知道一下我所做的。"她说,"去拥有一个你可以在这个世界上跟他一起生存的伴侣,而不是一个你要拉着拖着的人,那样会让生活容易很多。"她的大拇指在我肩膀上划拉了一下。"已经发生的就让它去吧。"

"不。"我说。我有种要把她的手扔开的冲动,要跺脚离去,想冲着奥黛丽·赫本大喊大叫。"那是我的过错……"突然间我哭起来。大滴的泪水抽噎着掉下来,奥黛丽将我抱在怀里。当然了,她是个小巧的女人,全身都是骨头,但我仍感到她在滋养着我——感觉比她的身架更大更柔和。

她的手抚摸着我的背，转着一个个小圈。她对我低语说："我在跟你说的是，那不是你的位置。你用不着去重新激发别人的生活。"

"可所有这一切怎么办？"我说，"这是怎么发生的？为什么会发生？"

"我亲爱的，"她说。她把我拉回来。她伸着手臂拉着我。"你知道为什么。"

"不。"我又说道。我向后退去要离开她，但她紧紧抓着我。我感到有股潮水在涨起来——那股威胁着要把我带进大海里去的潮水。

"你必须要做，"她说，"你是不是问我你该做什么？"

我点头。

"你去说再见。"

二十三

我们决定第二天开车去大巴灵顿，然后在我们听说过的一家很棒的巴巴路易比萨店吃午饭。作为后素食主义者，托比亚斯已经下决心看看不吃蛋白质的生活方式是否适合自己（并不适合），而那家比萨店做无麦硬面饼。此外我们想要好好享受这座小镇——四处逛逛，买点东西，趁地上还没有积雪，呼吸下那里的新鲜空气。我们依然沉浸在前一晚的激情里，以及单独在一起时所感受到的亲密中。

"你想先吃饭还是先四处走走？"托比亚斯问我。

"吃饭。"我说。我们带的食物里忘了带早餐，我都快饿瘪了。

比萨店要到十一点才开门，而我们十点四十五就到了。我们在门口蜷缩在一起，托比亚斯上下揉搓着我的手臂，尽管外面其实还没那么冷。

"要不我们先去喝点咖啡？"托比亚斯问我。

"需要吃东西。"我说，"我们站在这里，也许他们会早点开门。"店里看不到一个人影，所有灯都关着。可我不想错过我们靠窗的座位。托比亚斯大笑起来，然后听从了。

终于，一个穿着白围裙的壮实男人从里面出来了，啪地打开了灯，让我们进了店。我们找了个靠窗的桌子，桌子上印着一个比萨派的模板。我们一坐下我就有种似曾相识的感觉——那种以前曾经来过、就像这个样子的平静而滑稽的记忆。我们以前从来没有一起来过伯克郡。小时候我曾经跟母亲来过一次，还有一次是托比亚斯离开后，跟保罗一起来的。不过我确定我喜欢这里。忘掉海滩——这是我们的地盘。我的大脑开始全速运转起来。也许我们甚至应该改变计划，到这里来结婚。我脑子里出现了自己这样的形象：站在惠特雷酒店，穿着淡紫色裙子，头上戴着花冠。在夏天。我们的朋友们坐在白色的木椅子里，我沿着走道飘向托比亚斯。

"你在想什么？"他问我。在我们开始恋爱后这是他经常问的问题，但现在几乎再也不问了。我把这看作是他并不真想知道的信号。不过现在，在这里，它感觉像是救赎。

"我在想要是在这儿结婚会多美啊。"

他在椅子里往后靠了靠。这是个退缩的迹象，但我区分不出这个迹象有多大。

"我觉得我们是准备在公园坡举行婚礼的，就我们六个人，对吧？"

我们已经决定好了：托比亚斯、我、杰西卡、苏米尔、马蒂、我妈妈。托比亚斯不希望他父母来参加婚礼，我没有逼他。他跟他们不是很亲近，或者说他从来都没跟他们亲近过。

"我知道。"我说，"我只是在想这里真的很漂亮，而且也有地

二十三

方给我们爱的那么多人待。"

"我以为我们谈妥了是在公园坡办。"他说。他有点生气了，有点点激动。"我告诉过你我想私奔。"

"我告诉过你我不想。"我说道。他的恼火招致我怼了回去。就好像我一直在掩埋、压制的所有东西都轰隆隆地冒出来了——那是条裂缝，一条错误的底线。

"好吧。那就是为什么我们定了在教堂举行婚礼。"

那时女服务员走了过来。她看上去大概二十岁样子，耳朵上有穿刺后留下的很大的洞，头发染成了紫色。我猜想她是不是还在读高中或是上大学，是否还住在家里。在那一刻，我想起了我爸爸。

"你们准备点单了吗？"她问。

我们要她再等一下。也许我们不应该再等。也许我们应该点好我们要吃的比萨。也许她就会正正好好在那个时候把比萨端上来，正好可以阻止接下来发生的事。

这就是生活——那些莫名其妙就冒出来的瞬间定义了我们。一个没接到的电话。一次下楼。一次车祸。它们在一瞬间、一次呼吸间就发生了。

"所以你想办个大的婚礼？"托比亚斯问。这算不上是个指责，但是我可以从他问题背后听出憎恶的意味。一个大的婚礼。那就如同有钱人想要减税。那不仅仅是无聊轻浮——那种表现出特殊待遇的做法不仅毫无必要和华而不实，而且有害无益。

"是的。"我说，"我希望办个大的婚礼。"我在挑战他。其实这并不是我的真心。我不想办个大的婚礼。我甚至都没有那么多朋友，甚至连家人都没几个，可是我希望将他的心态暴露到阳光下。我希望指着他说，看到了吗？这就是为什么我们会在这里。那不是因为我，而是因为你。

"好吧。"他说，"行。我们就举行一个大的婚礼。我们到这儿来办。现在我们可以吃饭了吗？"

那就是我先前希望听到的答案，但是却全部都是错的。为了占得上风，我们在牺牲我们自己。

然后我弄清楚了真相：我们不知道怎样让对方高兴。

我认为他明白我需要什么。我希望相信我们在朝前走，我们会成长起来，走出这个阶段，我们会一起创建一个比较稳定的生活——但他却不明白。或者说也许他明白这点，却不能将它给我。我们所有的争吵、所有的抱怨及所有那些冷淡的早晨都是为了这么个简单的事实。他想让我开心，我希望他开心，而这两者并不兼容。

"不。"我说，"我觉得我们不能。"

"老天，萨布丽娜，你想要什么？"

"我希望我们俩意见统一。而我们并没有。我们已经很久没能达成一致了。"

"那么这是我的——"

"不，"我说，"不是。不是任何人的错。可我们总是这个样子。我们总是不停地互相刺啊刺啊刺啊。我们想要的不是同样的东西。我们甚至从未谈论过要孩子的事。"

二十三

"我们连怎么结婚都还没弄清楚。"他说。他一只手在脸上撸了一下。"我们为什么不可以一次解决一件事呢?"

"因为我们没去做。我们只是站着不动,因为这个我们彼此怨恨。"这话大声说出口后,我的心痛得像被刀一劈为二一样。

他站起身,走了出去。我跟着他。太阳移到了一片云后面,外面很冷。我的外套还在店里,搭在我坐的椅背上。

"我讨厌这种感觉,我讨厌让你也有这样的感觉。那该死的让人无能为力。"他把双手放在头顶上,"我不确定那会这么难。"

我觉得自己的世界破碎了。我发誓那就像太阳直接从天上掉落下来。

"我们不能一直这样对待对方。"他说。我看得出他有多么痛苦。我从他眼里看到了痛苦。"我不能继续这样对你了。"

我可以感受到他的绝望,我自己也感到绝望。这种绝望开始混合着愤怒,冲刷着我充满怒气而又可怕的血管。"那么,去做吧。"我说。我双臂交叉抱在胸前。我在发抖。"去结束它。"

"萨比……"

"别说了。"我说道。我看见了泪光。我知道那种伤心会很大、很广——我不希望去感受到。怒气则更短。就让我在那里燃烧吧。

他开始哭起来。"也许我们需要分开一段时间。"他说。

我看着他,目瞪口呆。感觉就像他用剑刺进了我,干脆利落地一下子就掏走了我的心和肺。我什么都没说。我往下看着自己的手。我的手指上戴着戒指。那枚漂亮、可爱、精细的戒指。那枚本应该陪着我们几十年而不是几个月的戒指。我伸出手去,用发抖的手指将它脱了下来。我不能留着它。我甚至看都不能看它。

我把它递给他。"把它当掉吧。"我说,声音在颤抖。"你需要钱。"

我重又走进巴巴路易比萨店,抓起我的外套,走了出去。我们回到小木屋,一言不发地装好行李,然后开车回纽约。我盯着车窗外看,两脚搁在座位上,靠着胸口。我木然得连哭都哭不出来。

"这不是分手。"他说,"只是分开一段时间。我只是觉得我们需要各自单独待一阵。你觉得呢?萨比?"

我害怕没有他,我当然害怕。但是让我更怕的是当他没有了我——他会在那种宁静中找到什么。那是否会是他的幸福。

晚上 11:21

奥黛丽和我还在外面。我已经抽了三根烟,她刚要抽完第二根。

"我们应该进去了。"她说道,虽然我们两个都没动。我清楚她说得对,该回到里面去了,因为时间快要没了,而且现在我知道该做什么了,我需要去做。

康拉德出现在门口。

"各位亲爱的,"他说,"要是再待久了,你们会着凉的。"

"这位绅士真是的。"奥黛丽不乐意地说。她把香烟在窗台上按灭。"我们进去吗?"

康拉德拉开着门,我跟在奥黛丽后面走了进去。

"你们在外面怎么样?"托比亚斯问。他的话音里带着一丝希望,一种孩子气的轻快,让我感到心碎。我知道那是因为他认为找到解决的办法了,也许奥黛丽和我在夜间户外空气里找到了办法。我要怎样去告诉他没有办法,我没能找到呢?告诉他生活不像是我们所喜爱的电影,而是要无限复杂得多?

我找了找杰西卡,她还在洗手间里。罗伯特捧着自己的咖啡。

"对不起。"我对罗伯特说。我要从那里开始。

他放下咖啡杯,吃了一惊。

"我很遗憾,你没有跟妈妈解决好问题,你们失去了那个婴儿。而当你们都好起来后,你不能也没有回来,而且我从来都不了解你。对不起我没能在自己可以的时候更努力去找到你。在我去找了你时,我又离去了,没有处理好。我不知道那样做是否有帮助,可是我不希望你再感到受折磨了。我觉得那样做于你无益,对我也觉得于事无补。我不想再把你的后悔背在身上了。我想某种程度来说,发生了也就发生了。我想我在这过程中的某个时候学会了这些,也许是为了恨你,也许是要觉得跟你更亲近,我不清楚。可是我知道现在这些对我来说太沉重了,我得把它们还给你。"

罗伯特坐得更直了。我发誓我觉得他想要伸出双手来。

"不过你用不着背着它们。"我说,"只是因为我还给了你而背着它们。你可以将它们留在这里。"

罗伯特热泪盈眶。"那没事的。"他说。

我离开座椅站了起来,因为我想去拥抱他。不是为了让他好受些,而是因为我想去感觉他。我没有拥抱我父亲的记忆。我想象过自己小时候他抱过我,也许甚至摇着我让我入睡。不过当我在人行道上摔倒,擦伤了膝盖,他从来没有把我扶起来,或者当我从自行车上掉下来时也从来没有帮我拍过身上的灰尘。他没有让我坐在他肩膀上,或者背着我上楼梯。在后花园玩触身橄榄球游戏时没有抢断我,也没有让我踩在他脚上跳父女舞。我明白自

晚上 11:21

己再也不会重温那些了，那些没有办法再回来，已经失去了，如同大海里的贝壳。但我希望感受一下在他的怀抱里是什么样的，被他爱着，就那么一次。

"爸爸。"我说。他似乎知道要做什么。他站了起来，拥抱我。他闻起来就像他，跟我记忆中的不一样，因为我不记得了，但跟我期望的那个他一样，就是这让我靠在他肩头哭起来。他的一只手放在我背上，另一只手放在我头上。我知道以前他这样对他的女儿们做过很多次，而我意识到我们只有这一次，在今天这个精疲力竭的日子。就那样了。也许这于事无补，但可以防止将来的伤痛，也许甚至可以带来一点安宁。

他往后让了让，伸直双臂扶着我。"做你刚才所做的一切并不容易。"他说，"那说明你是个多么坚强的女人。你母亲把你教导得很好。"

我亲了亲他的脸颊。我猜想着他是否会记住这个，不管接下来他要去哪里。我觉得他会的。我希望是这样。

我又坐了回去。桌子对面，奥黛丽和康拉德像骄傲的父母一样对着我微笑。

杰西卡回到餐桌上。"这东西要是不全力使劲的话就要没完没了，反复来过。"她说着将泵放回包里。"我错过了什么？"

罗伯特朝我微笑着。他看上去比今晚早些时候更坚强了，那让我感到有点骄傲。

"我想我们应该结账了。"我说。

在我旁边，托比亚斯挪了挪身体。"我们怎么办？"他问。

康拉德往后推了下他的椅子,去引起服务员的注意。奥黛丽的眼睛一动不动地盯着我。

我想起了杰西卡的一句话来,那是印在冰箱磁贴上的。我们住在一起时那块磁贴一直粘在冰箱上。

所有的好事一定都会结束。

"宝贝。"我说。这是我很久以来都没曾说过的称呼。我把他的手握在自己手里。我甚至还没开口,眼泪就一连串地流了下来。"我们就让它去吧。到时候了。"

二十四

我们从大巴灵顿一回来，托比亚斯就住到马蒂那里去了。我不希望想着他，想着我们，想着这次的分开意味着什么——因此我一门心思想着我们的过去。我重新回顾了我们之间的关系，就像在油管网站上剪辑播放一部电视剧里最精彩的片段。我们在沙滩上，四周是巨大的帆布帐篷。我们半途停住的地铁车厢。在床上吃意面。那些记忆不断地堆积起来，堆得越来越高，危险得快要倒下来了。

接下来的两个星期里托比亚斯和我没说过多少话。时不时地打几个电话。他会突然给我打电话，而我却不知道怎么回他的话。好，谢谢，就躺在海底上。我们为了一些具体事情发短信——钱、共同使用的物品等。有时候我们会说"我想你"。可十分要紧的是，我们彼此没有见面。

我觉得我们俩没有谁知道自己在干什么。干脆就分手似乎不可能，而我们分开的时间越长，要做出在一起的决定似乎同样不可能。在这件事后，我们怎么才会重回我们的生活，恢复我们的关系，回到我们的公寓里呢？我们怎么才会继续发展呢？我们僵住了,我们僵住了很长时间。

马蒂过来拿装着托比亚斯东西的一只箱子,我穿着浴袍去开了门。那是我每天的习惯了——下班回到家,换上浴袍,然后看《老爸老妈浪漫史》真人秀,直到自己眼睛撑不住然后睡着。

"你看起来一团糟。"他对我说。

"箱子在卧室里。"我说。我走进去,从地上搬起那只箱子。箱子里装着的大部分是衣服,还有几样厨房用具。托比亚斯曾问我能不能"借"给他。我把箱子用力推给马蒂。

"你吃晚饭了吗?"他问我。

我摇摇头。

"来吧,"他说,"我带你出去吃饭。"

我们没有走远,去了位于我住的街区的一家拉面馆。我们三人曾经一起去吃过很多次。但即便如此,我还是穿上了牛仔裤和套衫,还涂了下唇膏。

"你真是道美景。"我出来时马蒂说道。

"讽刺可从来都不是你的强项。"我对他说。

"谁说我是在讽刺?"

我们在餐台上要了两碗面,还有一瓶葡萄酒。店里供应一种便宜的白葡萄酒,总是能让人喝多。马蒂倒酒时,我已经在嗦面了。

"好吃吗?"他问。

"比以前好吃。"我说。我记不起来上一次吃过一顿像样的饭菜是什么时候了。我穿上牛仔裤时,裤子都已经松松垮垮地耷拉在我屁股上了。

二十四

"他还住你那儿?"我问。托比亚斯没说过,但我这样推测。

马蒂点点头。"是的。不过我有房间。"他在布鲁克林富人区买了套两居室的房子。那套房子比中城的阁楼低调多了。那是间两层楼的无电梯房,带有仿中档以上二战前建筑风格的屋顶。我很喜欢。房子位于两边长满树的街道上,有落地凸窗。

"他永远不会去改变的。"我说。我一口喝完了酒。马蒂又帮我倒上。

"他会的。"他说,"每个人都会。可是,你知道,也许想着你们要为彼此而改变是错的。"

我看着他。在我认识他期间,他已经成长起来了。他的性格——从一名容易激动的小子变化成了一个充满热情的男人——已经影响到了他的外表。他穿着像个成年人。他很成功,令我为他感到高兴。

"我不知道。"我说。

"你会弄清楚的。"他说。我又想到了上一次我们两人一起吃晚饭的情形。我没有猜想他是否想过*我这么跟你说的*。我知道他想到了的。

马蒂陪我走回家,拿走了那只小箱子,把它装在自己车里。他抱了抱我。"要好好的。"他说,"要是需要什么,给我打电话。"

我上了楼,给杰西卡打了个电话。我一直不想告诉她。实际上,自从大巴灵顿之后,我一直在回避她的电话。最终我知道我得告诉她。如果托比亚斯还没有跟她说过的话——尽管我认为他不会告诉她。她打我电话打不通时就会打给他，但在如今这种状况下我想他是不会接她的电话的。实际上，我很惊讶，她一直坚持不懈地试图要找到我。她一直在给我打电话。

我抓过一个枕头放在膝盖上，然后坐在那把曾经属于我们，后来又归我和托比亚斯的旧俱乐部椅子上给她打电话。现在我想这椅子只归我了。

"嗨，"她说，"总算回电话了。我以为你已经死了。"

"没有。"我说，"我活着。"

"我一直在到处找你。"她说。

"我知道。对不起。杰丝——"

"等等。我有消息要说。我本想当面告诉你的，可是我开始显身形了，所以……我怀孕了。"

我回想起在我们的第一个公寓里的一个片段。我们挤在水槽边，努力要看明白验孕纸显示的结果。她的验孕纸。那时候她已经跟苏米尔在一起几年了，可我们还只有二十二岁，还没准备好要个孩子。验孕纸显示阴性。我们大声尖叫着，跳上跳下。

变化是唯一真正的不变。

"太意外了！"我说，"我为你高兴。"我的确是的。我知道她想要个孩子，跟我所了解的当时的杰西卡一个样。我对她在康涅狄格州的生活一无所知。她的很多东西似乎已经消散在时间里了。我感觉她依旧了解我，不过只是因为我一直都是那个我——也许那也是不公平的。"你怀孕多久了？"我问。

"四个月。"她说。

二十四

四个月。整个秋季她都怀着孕。八月也是。

"你怎么样?"她问。

那时我本可以告诉她的,可我却没有。我对自己说那是因为我不想打击她的喜悦,但其实不是,至少不完全是。那是因为我不相信她能接受这件令人难受的事。而那令我很难过——可能比我想到托比亚斯更难受。

"还好。"我说,"你知道,忙着工作。"

"快点过来吧。"她说,"我一眨眼就要变大肚婆了。我的裤子早就穿不上了。"她的声音里提示着什么……是某种渴望吗?还是怀旧?我希望可以相信她语气里的意思是,我想你。

"我肯定你现在容光焕发。"我说,"我很想过来。"

"萨比?"杰西卡说。她已经很久没有用我的爱称了。"我希望它不是个男孩。"

我大笑起来。她也是。即便是在打电话,那感觉也很好。

"我们下个周末做些什么安排吧。"她说,"或者再下周。"

"没问题。"

我们挂了电话。后来,等她问我干吗什么也没说时,我跟她说了实话:我担心你会对我说那样分手的话最好。

晚上 11:32

托比亚斯对我提议分手的回应是推开椅子站了起来。他什么也没说,只是走到窗户边去了。康拉德抬眼看看我,而杰西卡则已经站起身来。她跟着托比亚斯走到窗边,他们并排站着。我跟桌子对面的奥黛丽对了对眼。她用眼神告诉我少安毋躁,于是我坐着没动。

我觉得自己不怎么想说话。其他人此刻也都陷入沉默。服务员正在收拾我们最后的几只餐盘。奥黛丽要他再加些水。他把账单递给我,尽管康拉德抢着要付钱,我还是把自己的信用卡给服务员了,我想要买单。不管怎么说,这是我安排的晚餐聚会。

我抬头看了看钟。秒针稳步有力地滴答移动着,像一名士兵在走向战场。我脑海里像照相机闪光灯一样冒出一个记忆,想起我还是个婴孩时,我父亲在厨房里踩着脚步给我唱歌。

我把妻子和四十八个孩子独自留在厨房里挨饿,除了姜饼什么吃的也没有。左,左,左,右,左。

等我听见我父亲的声音才意识到我唱出了声来。他开始跟我一起唱着。左,左,左,右,左。

晚上 11:32

接着康拉德也加入了我们。他那宽厚低沉的嗓音充斥了餐厅。我很高兴这个点餐厅里就只剩下我们了。除了我们,还有洗碗工和我们的服务员。奥黛丽也开口加了进来,我们四个一起唱着。

"你仔细想想的话,这是首很糟糕的儿歌。"奥黛丽说道,打破我们的节奏。

"尤其是对我来说。"罗伯特说,"虽然我记得还曾深情地教你唱过。"

"儿歌都是这样的。"康拉德说,"'玛丽,玛丽,正好相异'这首儿歌是关于玛丽女王嗜杀本性的。"

"还有那首唱井的。"奥黛丽说。

"井?"康拉德说,"我不记得有关于井的儿歌。"

奥黛丽皱了皱眉头。"我觉得有点晕了。"她说,"一定是喝了那些红酒的缘故。"她抬眼瞥了下墙上的钟。我感觉胃里有什么东西挤了一下。我朝杰西卡和托比亚斯看去。没有时间了。没有时间了。没有时间了。

我再也忍受不了了。我站起身,朝他们走过去。

"你们这里怎么样?"我问。

杰西卡看看托比亚斯。"嗯,他已经死了。看起来他就保持那个样子了,所以不太妙。"

托比亚斯那时开始笑起来。我已经很久没听见他笑过了。比他离去的时间还要久。

杰西卡把手放在我肩膀上。"我还在这里。"她说,"我们会想出办法的。我们有时间。"她捏了捏我的肩膀,又在托比亚斯胸口拍了下，回餐桌去了。

"我希望自己可以把你从这里带走。"他说。他看着窗外，没在看我。他看着窗外驶过的出租车，以及还在人行道上晃悠的几名行人。外面，这座城市还在运转，对我们无动于衷。

"我们会去哪里呢？"我问。

"也许往南到西岸高速公路。"他说，"我们可以沿着河边走。"

"不算太远。"我说。我走过去跟他并排站着。

"你是对的。我们永远没法到墨西哥或者巴黎或者关岛去。"他说，"我很后悔。"

"不用。"我说，"再也没有后悔了。"

我把头靠在他肩上。

"现在我会怎么样呢？"他问。我转过头看着他。我看见他的周身都缠绕着害怕。

"我不知道。"我说，"但愿我知道。不过我认为你再也不会回到你原来的地方了。我想你会……"我的声音猛地中止了，在那个空档里，他回应了。

"消失。"他说。

我的脸颊被眼泪打湿了。我一直在哭。"再也没有时间了。"

他点点头。他的眼睛也是湿的。"我很抱歉。"他说，"我们在一起是那么美好，可把其他的事处理得那么糟糕。"

"其他的那些很重要。"我说，"我想比我们意识到的更重要。"

他点头。"我们每次都是在这个问题上结束的吗？"他问。

我想着我们在一起所跨越的那十个年头，今晚那十年在我们

晚上 11:32

面前全部终结了。

"我不知道。"我说,"可我们的确是的。我现在觉得那很重要。"

他双手捧着我的脸。"我爱你。"他说,"一直都爱。"

命中注定。对此我曾经这样想过我们。想过我们注定一直都相爱。想过那些星星曾经排成一行将我们撮合在一起。我从未想过我们的命运可能不会是永远。

二十五

　　那是在一个星期六出的事。我在家里洗衣服。我已经计划好下午出发去杰西卡那里。我们准备早点去吃晚饭,因为她说现在到七点钟就开始觉得很累。我打算看看她的肚子。自从快一个月前托比亚斯把我扔下后我就一直没见过他。

　　现在已经是十二月初了,我们正慢慢进入冬天。城里到处都挂上了圣诞节彩灯。布鲁明戴尔百货、波道夫百货及巴尼百货[1]的橱窗灯光秀也已开始。到城里去看那些彩灯是杰西卡和我过去一起常做的事。我们会在第三大道上的意外发现店买两杯热巧克力,然后一路穿行在城市里,经过每一家大百货公司。有时候我们甚至会一直走到洛德与泰勒百货公司。我们从不进到那些百货商店里,因为我们那时都一文不名。我们只是看看橱窗里展示的东西——那些旋转着的金色和银色五彩纸,真人大小的糖杖,以及冬日仙境等。

　　我听到声响的时候正在叠托比亚斯的一件衬衣。那是件印着

---

[1] 这三家均为纽约市的高档百货商场,每年圣诞季节都会有应季的灯光秀和橱窗布置吸引顾客。

二十五

加州大学洛杉矶分校字样的旧衬衣，棉的，很柔软，我一直穿着睡觉。他没有拿走，马蒂来帮他取其他衣服时，我故意把它留了下来。

透过房间关着的窗户，我听见车轮的摩擦声，金属的撞击声，以及玻璃的碎裂声。我跑向窗户，朝马路上看下去。很明显，有人被汽车撞了。人们在外面大声喊叫着。我从床上抓过一件羽绒背心，下楼跑向马路上。

我差不多还没跑出公寓楼前门，我就看见了他。只看见一条腿，在汽车右侧。不过那是他的鞋子。那双旧的马丁靴，鞋底已经磨损凹陷了。无论在哪里我都认得出那双鞋。我狂奔过去。

他的身体一半在车子底下。后来司机争辩说不知道他是从哪里冒出来的，他实际上是直接跑上马路的。可现在他的身体已经残破不堪。他的肩膀被压烂了，一条腿以一种不可思议的角度弯曲着。

"快打911！"我尖叫说。我在他边上弯下腰。他的身体还是温暖的。我可以闻到他身上的味道，香烟味，蜂蜜味。我把双手放在他头上，就那么扶着。"没事的，没事的。"我一遍又一遍地低声说着。我把头低下去，靠近他的嘴巴去检查，去看他是否还有呼吸。我找不到。真是奇怪，肾上腺素的作用会在你身上起作用。修补的需要，纠正过错的需要。在撞击的一瞬间，我们觉得我们是可以回到过去的。在前一分钟我们离得那么近。要是把时钟拨回去会有多么困难呢？只要很快地让刚刚发生的事不发生就行？

我的脸紧贴着他的脸,我就那么待着。然后急救人员来了。把他从汽车底下搬出来的过程非常复杂。他们不止一次地用力撕拉他的四肢,但我没有把目光移开去。我有种感觉,要是我的眼睛离开他的眼睛,即便就那么一会儿,他就会没了。唯一让他还在那里的原因就是我也在那里。求你了。跟我待在一起。

我跟着他一起坐上救护车。在此过程中我一定是给杰西卡打了电话,尽管我记不得了。我记得他被急匆匆地推进手术室。我也记得,几小时后,医生出来时,她在旁边。很抱歉。我们尽力了。伤得太重了。

他再也没醒过来。

杰西卡在我身边开始哭起来,但我脑子里一片空白。就像在一间空无一人的白色房间里,连房门的影子都没有。我想去看看他,但医生对我说不行。只能家人去看。可我就是他家人啊。我们在一起有九年了。我是他唯一的家人,他需要我。即使他已经不在了。

"我们得给他父母打电话。"杰西卡说。我只知道他们住在俄亥俄州,有次曾经带我们去时代广场的橄榄园餐厅吃过饭。

我在医院的等候室里坐了下来。我不想离开。我还可以去哪里呢?

我在手机里找出他们的号码。电话响第三声后他妈妈接了。我数过。我告诉她出了车祸。她不停地说她真抱歉,好像我才是那个失去了什么的人。也许那是她为自己做的防护,认为我失去的更多,我可以承担起更大的负担。后来我才弄明白他从未告诉

二十五

她我们要分开一段时间。

她说他们会坐下一个航班过来。她想我们需要准备一个葬礼。说到葬礼她抽噎了一下。我知道哪里可以买到鲜花吗?

之前我们往外走的路上他们把他的私人物品给了我。一只塑料袋,顶上用拉链锁着。我实在鼓不起勇气打开来。

"我们走吧。"杰西卡说。

"不。"我说,"我们不能走。我们不能离开他。"我开始尖叫出声,抽泣声撕裂了我的身体。"我们不能离开他。"

杰西卡抱住我,我们之间是她怀着孕的大肚子。"好吧,"她说,"我们留在这儿。"

我们在医院等候室一直坐到凌晨三点。杰西卡把我带回了家,然后跟我待在一起,直到第二天托比亚斯的父母来。见到他父亲时,我再次崩溃了。

托比亚斯跟我说的最后几句话是在电话里说的。"你记不记得我的德国电信网络密码?我需要改变一下我的计划。"

我告诉他会去我的密码文件夹里看看是否有,有的话会发短信给他。

"萨比?"他问道。

"什么事?"

"五词游戏。"

"累了。"我说,然后把电话挂了。

晚上 11:47

托比亚斯和我回到餐桌。奥黛丽开始有点坐立不安。我父亲看上去很疲劳。康拉德在打哈欠，拍着自己的胸骨，如同自己手里拿着一杯威斯忌，随时要蜷缩到火堆边闭上眼睛。

"谢谢大家。"我说，"我不清楚今天是怎么回事，但我很高兴它发生了。我希望这是真实的。"

"是真实的。"杰西卡说，"我的乳房不会说谎。"她指指自己有奶迹的衬衫，"为什么不是真实的呢？"

我感到自己的心被拉向了她，杰西卡·贝蒂，我最好的朋友。在她生活的表象下，内心深处的某个地方，她是个依然相信魔法的女人。

一切皆有可能。

"我敢说这是真实的。"康拉德说，"我感觉微微有些醉了。"

"我觉得你找不到回去的路了。"奥黛丽问他说。她似乎一下子变得很在乎起来。

"也许吧。"康拉德说，"不过我知道怎么叫出租车。"

我朝一桌人环视了一下。这顿晚餐是作为提醒我所失去的一

晚上 11:47

切开始的,可是此刻我看着他们,我所感到的全是深深的感激。感激一名从未停止爱我的父亲;感激一名电影明星,她给一代人送上了自己的魅力,今晚给了我们一顿晚餐;感激一名考验了自己学生的教授;感激一名依然在此的最好的朋友。

"谢谢你们。"我说。

康拉德点点头,杰西卡清了清喉咙。桌子对面,奥黛丽连着给我送来了几个最优雅的飞吻。

"嗯,那我们走吧?"奥黛丽问,"差不多到时间了。"

我抬头看了看钟。离午夜还有十二分钟。

"那我们怎么走?"我问大家。

康拉德把两手拍在一起。"我先走。"他说。他推开椅子站了起来,整理了下西装。"这个星期我在等一封很长的电子邮件,或许还有一个电话。我要去等着。"

"你一定能等得到的。谢谢你今晚来。"我对他说道,"我们需要你。"

他把注意力转向了奥黛丽,奥黛丽似乎不知道该坐着还是站起来。康拉德拉起她的手。"赫本女士,今天是我莫大的荣幸。"他说着轻轻地吻了她的手。

"噢,"她说,"噢。"

康拉德跟罗伯特握了握手,在托比亚斯背上拍了拍,微微向我点头致意。他走出了门。我用目光跟随着他的身影,直到他消失在街道上。

接下来是奥黛丽。她站起身,把小小的香奈儿羊毛套衫披在肩膀上。"外面很冷了。"她说。此刻，没有了康拉德，她看起来有点紧张。我心里对她涌起了一阵爱意，她一直留在这里，待到了最后。

"非常荣幸跟您度过这个夜晚。"我父亲说道。他随着她站了起来。"我送您出去。"

他回头看看我，我想告诉他自己还没准备好。这应该是个开端，而不是结束。但今天我们没时间了。

"我很感激今晚认识了你，萨布丽娜。"他说，"我要说我很骄傲，不过我并没有感到尽了责任。"

"随你那么说吧。"我对他说。

他朝我走过来。他俯下身体，凑到我耳边。"我的女儿。"他说道，仿佛在享受着这个称呼。

他亲了下我的脸颊，然后和奥黛丽一起走了，走出门，走进了夜间的空气里。

"那么就剩下三个人了。"杰西卡说。

"三人总是成群。"托比亚斯说。

杰西卡微笑了一下。"我先走。"她说。她看了看手表。"婴儿四十五分钟后会醒过来。也许我要给他喂奶。"她把包甩上肩头。"晚点我会给你电话。"她说，"好吗？"

"行。嘿，杰丝？"

"嗯哼？"

"谢谢你今晚来吃饭。"

"这是我们的规矩，对吧？"她说，"不过明年会有麻烦了。

晚上 11:47

我不能完全确定我们是不是还能继续。"她转向托比亚斯,"好好的啊,好吗?"她把一只手放在他手臂上。我看见她的眼里满是泪水。

"我没地方可去,只能往上去了。[1]"这是俏皮话,但我们都没笑。

"我会再见你的。"她说完就走了,门上的铃铛在她身后发出叮当声。

就剩我们了。

托比亚斯转过来对着我。"我们一起走走吧?"他问。

我看了看钟。我们还有六分钟。

"好的。"我说。

我们穿上外套。托比亚斯为我拉着门,我们漫步走进夜色。那张白色柳条长凳还在那里,就在门边上。我希望我们可以在上面坐一下,即便只能再坐五分钟。

"我送你回去。"他说。

"我们做不到。"我说。

"即使这样也要。"他说。然后我们朝家的方向走去。

---

[1] 托比亚斯意指他已死了,死后只能上天堂。

二十六

我过了一个星期才打开医院交给我的装着私人物品的袋子。

我们在星期天举行了葬礼，在公园坡的教堂里，我们本来准备在那里结婚的。托比亚斯的父母带来了些贝果，杰西卡写了首诗，并在葬礼上念了。我们都穿着彩色的衣服，因为我觉得当人们不想那么忧郁时，或者试着要庆贺生命时，就会这么做。但我在哀悼。我穿着一件红裙子，那件托比亚斯喜欢的裙子。可我的内心深处是黑色的。

马蒂走过来，坐在我旁边。葬礼结束后，我们在城里走了有十二个小时，几乎没说什么话。他似乎明白，没有什么话是适宜的，所以干脆就不去说了。我们在一起，身处那种悲伤，而那本身便说明了什么。我对此非常感激，能跟某个真的了解他的旁人在一起。

后来，我坐在我们卧室的地上，把马尼拉纸的信封从塑料包装袋里抖出来。我吸了口气，屏住，好像正准备好跳到水里去。信封里装着他的手机、皮夹、一张地铁卡，还有一只放戒指的盒子。我立刻将它打开来。里面不是我还给他的那枚戒指，而是另一枚，我们看中的第一枚。那枚我们争执过是否要买、太贵的那枚。他回去把它买下了。

二十六

那思绪感觉依旧火辣辣的,让人无法思考,仿佛只要我给它时间,它就会活活地燃烧我。我想不出他在我公寓的街角干什么。"不知道他从哪里冒了出来。"司机曾这么说过。

他是在向我奔来。现在,我知道了,他口袋里装着这枚戒指跑过马路。那只能说明一件事:他是来找我的。我们暂时分开的时间已经要结束了,因为他已经做出决定,他希望我们在一起。

我的心揪住了。我确信我愿意跟他一起死去。在那一刻,我希望跟他一起去。因为要他再活过来太残酷了。我非常清晰地知道他是回来让我们重归于好的。他可能在我们分开期间存下了钱,买了这枚戒指,我们见到的第一枚戒指,要来许下一个新的承诺,一个更大的承诺——我不知道该如何带着这个念头活着。

戒指非常漂亮,就跟我记得的那样。我把它从天鹅绒底座上取下来,戴在我的手上。刚刚好很合适。它闪烁着光芒——在午后阳光里它散发着光芒,瀑布般照耀着每个角落——照在我身下的木地板上,白色的墙壁上。"真美!"我大声说道。

那一瞬间,我无法解释为何自己想起了那枚旧的戒指,它的命运如何。他有没有把它带回给英格丽德抵了钱?他把它当了吗?它是不是还被埋在他的东西下面某处?马蒂还没有整理过他的东西。我们说过一起去清理,但我不清楚什么时候我们会做好心理准备,或者我们是否会准备好去整理。一想到要去叠他的牛仔裤,取下他的衬衫,翻看他拍的照片,我就做不到。

一整天我都戴着那枚戒指,然后把它放回盒子里,藏到我床底下。那里,以前曾经放过他拍的那幅照片。

凌晨 12:00

托比亚斯停了下来。有一分钟,我们两人谁都没说话。此刻,我们的时间到了。

"那么。"他说。我们还没走到家,但还剩下一件事我要问他。整个晚上,自从将近四个小时前我们来聚餐时,我就在等着问他那个问题。那是剩下的唯一一个问题了。不过当然我是知道的,不是吗?即便这样,我需要听他亲口说出来。

"那天你为什么会在那里?"

他吐了口气,点点头,好像他知道这问题要来了。他当然知道。"我准备再去求婚。"他说,"然后定个日子。给我们父母打电话。举行一个盛大的婚礼。"他先是微笑,然后轻轻笑出声来。"我要买那枚对的戒指。"

我想起那天我们在店里的争执。他的骄傲被打破的样子。"那是枚很美的戒指。"我说。

在月光下,他的身形被照亮了起来,我眼里的他便是那个在圣莫尼卡沙滩上的十九岁少年。英俊,对在他前面的一切都很执着。"可那不是那枚对的戒指。"他说,"我仍然买错了。还记得我们一起挑选的那枚吗?那才是我们的。"

"是的。"我说。

"你是我生命中伟大的爱。"他说,"事情就是那样的。但我却不是你的。"他并不悲伤,一点都不。"我不想那样。"

"托比亚斯。"我说道。我觉得自己的两眼又开始刺痛起来。

"不要永远都不。好吗?"

我点头。"好的。"

"给你。"他说,"我希望你拿着这个。"他递给我那块怀表,曾经属于我父亲的怀表,我送给他的那块表。

"这是我送你的礼物。"我说。

"现在还是。"他对我说,"就像罗伯特说的——我不能自己带走。"

托比亚斯用双臂抱住了我。我把脸搁在他脖子上,但是立刻又睁开了眼睛,因为我不想错过看着他,一刻都不想错过他。

"我没跟你说过,"他说,"现在记起来了。"

我抬头看着他。"什么?"

他顿了顿,仿佛要将我吸进去。他的眼睛在我脸上扫视着如同这是一个懒洋洋的周日午后。如同我们在这个世界里拥有所有的时间去互相注视。

"你那时穿着一件红色吊带衫,牛仔短裤。你的头发垂下来,你的两臂不停地在身体两侧晃动着。我以为你是要去把某个人击倒在地。"

我想着我们两人站在沙滩上,毫无概念我们的生命怎么会早就缠绕在了一起——而且还会继续下去。

"那就是我眼里的你。"他说。他轻轻向我点头致意，然后他消失了。

就那个样子。他并非算是消失，就跟他离开了一般。我想象着他是去了街角上的那家熟食店，挑了盒香烟，买了瓶没什么名气的牌子的气泡水。

我独自走着剩余的路回家。我从包里摸出了钥匙，在一包早已干了的口香糖和一支唇膏旁边。我爬楼走到我的公寓房里。里面很暗。我啪地打开一只灯。柜子上还有剩下的生日蛋糕、一块糖霜、巧克力碎屑等。我把包放在它们旁边。我径直走进了卧室。

我从床底下拿出那只鞋盒，在里面划拉翻找着——托比亚斯和我的照片，我们老的公寓房间的钥匙、百老汇演出票、电影票根、那张皱巴巴的便利贴、那枚戒指——直到我找到了我要找的东西。那是封信，亚历克斯·尼尔森写给我的信，日期是2006年。我撕开信封，读了起来。

亲爱的萨布丽娜：

很奇怪给你写这封信，尽管我想你读这封信会觉得更奇怪。我的名字是亚历克斯，我是你妹妹。我们有同一个父亲，罗伯特·尼尔森。是他告诉了我你的名字，然后我查了你的地址。你上了南加州大学，真是太酷了。将来某一天我也想要去那里上学，虽说我没把握能不能考得上。我才上八年级，

凌晨 12:00

但我的成绩不是很好。不过我喜欢写作。

我是两个人里的姐姐。我有个妹妹叫黛西。我们两人处得不太好。有时候那会让我猜想要是你和我一起会怎么样,有时候那又让我相信我一定要认识你。我猜这就是为什么我要给你写信。

爸爸说起过你。不是很多,但有时会说起。只要我问,他就总是会说的。他告诉我自从你还是个小女孩起他就没有见过你了。他说他不想去打搅你现在的生活。我理解,可有时候希望他会去找你。他是个好爸爸。想到你不知道这点,我就很难过。

前几天他给我讲了你的一件事。黛西那时正对她的名字耿耿于怀。她不喜欢自己的名字。她认为这个名字太小姑娘气了。她现在都是一副摇滚派的腔调——完全像个摇滚女孩。她问干吗给她起那个名字,我妈妈(她叫珍妮特)说那是因为她生下她后她在医院里见到的第一样东西是雏菊[1]。黛西觉得这个理由太差劲了。不管怎样,吃完晚饭后,我问起了你的名字。我想知道为什么给你起名叫萨布丽娜。是不是很奇怪?我以前甚至从来都没见到过你。我只看过你很小时候的照片。

他告诉我他爱奥黛丽·赫本。他说她是他最喜欢的女演员。他跟你妈妈第一次约会时带她去看了电影《萨布丽娜》。

---

1 "黛西"(Daisy)的英文本意是"雏菊"。

那是在一家放映黑白片的电影院里上映的，他们买了爆米花和牛奶夹心巧克力——顺便说一下，他就只会买那些。他跟我讲了细节。《萨布丽娜》是奥黛丽拍的电影中他最喜欢的一部。他觉得那个名字意思是女主角不是一朵会枯萎的紫罗兰——她去寻找属于自己的生活，回来时变得更坚强了。他告诉我等他见到你，他认为你就会成为那样的女人。

我打赌他说的是对的。

爱你的，

亚历克斯。

又及：要是你喜欢聚一下，请告诉我。爸爸答应下周带我去圣莫尼卡看一个展览。展览在海滨举行。也许我们可以在那里见面。

故事展开的方式有许许多多，此刻我看得出这个故事开始成形了。在某个曾经只有一样东西的空间里出现了不同的另一样东西。我把那块表及账单放进盒子，这些是这个晚上的证据，这个十年的证据——是曾经有过但再也没有了的证据——可是当我准备盖上时，那个盖子却盖不上了。盒子边上被什么东西顶住了。我用手指沿着硬纸板摸索着，碰到了一件陌生的东西。我把它解开来，拿在手里，才看清是那幅照片。不是托比亚斯拍的作品，不是我丢了的那幅，而是第一天我们曾站在它前面观赏的那张照片。小男孩和老鹰。一张跟明信片一样大小的印刷品。

我肯定自己从来没有买过它。但它就在这里，在放私人物品

凌晨 12:00

的盒子里。那个小男孩站着,身后是伸展开的老鹰翅膀,他的双眼闭着。他就跟十年前那天出现时一个样子——准备要一飞冲天。

我拿出钢笔。我把照片翻过来。我想象着后来会发生什么——有多少需要说的话。二十四年。生日。横穿整个国家的迁移。工作和生活。开始,我想。开始开始开始。

亲爱的亚历克斯。我写道。很久以来第一次,我十分清楚自己想要说什么。

致谢

感谢我聪慧的编辑詹姆斯·梅利亚。每当我十分需要一个柔软的地方降落时你都准备着,你也令这本书的写作过程变得无比愉悦。谢谢你跟我一样喜欢书中的人物。

感谢我那位极为出色的文学经纪人伊琳·马龙,你是最严厉的编辑,也是最伟大的冠军。我以为自己不会找到你这样的经纪人。谢天谢地我找到了。而且:你永远都甩不掉我了。

感谢我神奇的经理丹·法拉。你让我所做的一切都变得更伟大、更美好。这条写作之路很残酷,也很美丽。感谢你跟我一起同行。我爱你。

感谢弗拉提荣图书出版公司的所有人,尤其是鲍勃·米勒、艾米·艾因霍恩和马列娜·比特纳。你们公司是让萨布丽娜感受到最大的爱意、温暖、充满活力而最令人振奋的地方。你们真是棒极了。

感谢我的电视经纪人大卫·斯通。感谢他坚定的信念和绝地武士般的专业技能。谢谢你担任了我们的大人角色。

感谢劳拉·邦纳、凯特琳·马奥尼及马蒂尔达·福布斯·沃森,感谢你们保证了这本书能够走得更远、更广。

感谢莱拉·塞尔斯、莱克萨·希利尔、杰西卡·罗森伯格及劳伦·奥利弗,感谢你们持续不断的鼓励、爱和充满生命力的交谈。要是没有我们创建的这个朋友圈,我会变成什么呢?

感谢珍·史密斯,你是镇上最好的成年夏尔巴人。我崇拜你。

感谢梅利莎·塞利格曼,感谢你让我利用了我们的过去,并鼓动我向我们的现在致敬。

感谢我永远的好朋友汉娜·戈登兼第一位读者。要是没有你,我还会继续颓丧不振的。

感谢拉克尔·约翰逊,感谢你处理了每一个电话,并如此难以置信地、盲目地爱着我。宝贝,我们真幸运。

感谢克里斯·法伊夫和比尔·布朗。感谢你们用超乎寻常的热忱帮我度过了生命中最艰难的一年。你们是我的天使。

感谢影片《星光之恋》的摄制团队,你们让我有生以来第一次扮演了一名妈妈——即便在最疯狂的梦想里我也从未想过我会如此幸运。

感谢我的父母,你们始终是我的人生向导。我单身了那么久是件好事——否则我就没什么可写了。你们对我的养育做得非常优秀。

最后,感谢任何曾感到被命运和爱背叛过的女性。坚持住。这并不是你们故事的结局。